官商鬥法

之 14

晴天霹靂

姜遠方 著

目錄 CONTENTS

第一章

雙重打擊

這兩個月來，他一方面努力為海川爭取保稅區，
又要兼顧遠在澳洲的趙婷和兒子，蠟燭兩頭燒，身體早就嚴重透支，
現在保稅區審批失敗，趙婷又跟他離了婚，
讓他遭受了前所未有的雙重打擊，再也難以支撐下去。

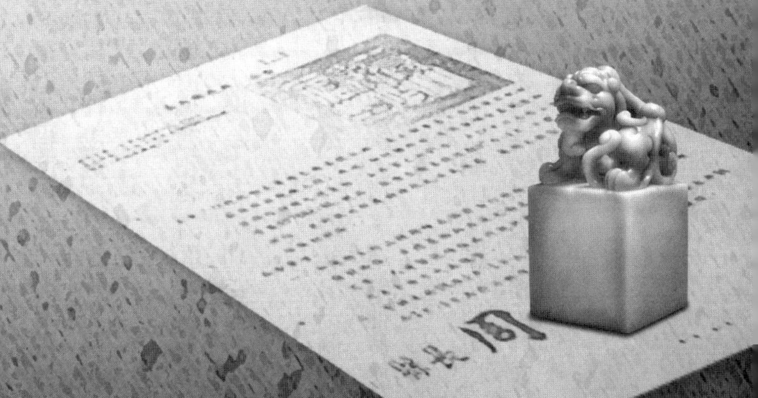

傅華趕回北京之後，馬上投身於保稅區審批的工作之中。

但是審批的工作進行的並不順利。原本傅華和穆廣動員了他們能夠動員的一切力量，讓相關部委的領導接受了海川建設保稅區的構想，可是東海省那個臨近海川已經建了保稅區的城市卻不幹了，他們擔心海川如果建成了這個保稅區，將會很大程度分流可能入駐他們保稅區的客商，因此為了自己城市的利益，十分反對批准海川建什麼海產品深加工保稅園區。

這個城市在北京各部委之間也有他們的關係，而且本身的經濟實力和各方面影響力都要強於海川，於是各相關部委就有了反對海川建保稅區的聲音，一場為了各自利益的博弈就展開了。

這是傅華人生中最難熬的一段時期，博弈呈現一種膠著的狀態，每每他剛解決一個麻煩，一個新的麻煩就又出現，他又得埋頭重新去做工作，把新的麻煩解決掉，這讓他疲於應付。

另一方面，趙婷在澳洲根本就不接他的電話，跟他陷入了冷戰的狀態中。雖然他可以向趙凱詢問趙婷母子的情況，知道她們母子一切都好，可是這種狀態持續下去的話，只會讓他跟趙婷的感情雪上加霜。

傅華心中自然是焦灼萬分，卻無法從北京脫身，當面向趙婷賠罪，只能任由事態這麼僵持著。

就這樣過了兩個月，海川最終實力不濟，沒有得到他們想要的保稅區。

金達聽到傅華彙報說保稅區審批失敗，十分的不高興，直接就批評傅華說：「你們駐京辦是怎麼辦事情的？我們花費了這麼多精力，竟然換來了這樣一個失敗的結果。」

傅華只好說：「對不起，金市長。」

金達罵說：「說對不起有什麼用，根本上就是你沒盡力。你們駐京辦要好好檢討這件事情，看看究竟是哪方面沒做好。」

傅華說：「好的，我們會認真反省的。」

本來傅華想就此提出自己要離開駐京辦的事，不過看金達在氣頭上，只好把在嘴邊的話咽了下去，他想等過兩天金達消了氣再說，起碼等駐京辦總結完這件事，遞交報告給市政府之後再說。

傅華剛跟金達彙報完，就接到了趙凱的電話，趙凱在電話裏說：「我現在回北京了，你過來一下公司，我有話跟你說。」

傅華愣了一下，趙凱回北京？怎麼事先也不跟自己說一聲？傅華滿心的疑問，匆忙趕去了通匯集團，趙凱在辦公室裏見了他。

趙凱一看見傅華，就驚訝的說：「傅華，你怎麼啦，出了什麼事情了？臉色怎麼這麼差啊？」

傅華苦笑說：「沒什麼，這段時間讓工作熬得。爸，您這次回北京來做什麼啊？怎麼事先也不跟我說一聲？」

趙凱說：「我回來是有些事情要處理。」

傅華說：「哦，是這樣啊，我手上的事總算處理完了，您跟小婷說一聲，我很快就可以趕過去跟她團聚了。」

趙凱看了看傅華，苦笑了一下，說：「傅華，你不用過去了，暫時沒這個必要了。」

傅華驚詫的說：「怎麼了，我這段時間心裏一直對小婷很愧疚，我也想早點過去跟她說聲對不起，可是一直脫不開身啊。」

趙凱說：「傅華啊，有些話呢，我要事先跟你說，一直以來，我和你媽都是拿你當兒子對待的，就算你跟小婷的關係發生了什麼變化，這個也是不會變的。」

傅華有些傻眼，他盯著趙凱，問道：「怎麼了，爸？我和小婷的關係會發生什麼變化啊？」

趙凱終於說：「小婷決定要跟你離婚，我和你媽勸了她很多次了，可她就是不肯回心轉意。我這個女兒你也清楚，她決定了什麼，除非是她自己改變，否則任誰也無法讓她回頭的。當初她看上你就是這個樣子，現在她要跟你離婚，還是這個樣子。我這裏有她給你的一封信，你自己看看吧。」

趙凱將信遞給了傅華，傅華木然地拆開了，就見信上寫道：

「傅華：

我寫這封信給你的時候，心情已經很平靜了，也想了很多我們從認識到現在的所有事情。我是一個不願意去多想的女人，現在回過頭來認真的一想，就發現我忽略了生活中的很多細節。

我們這段婚姻開始的時候，我是深愛著你的，同時我也相信，你也是愛著我的，雖然可能沒有我愛你那麼深。你對我來說就是一切，我甚至可以為你付出生命和所有的財富。但是慢慢我發現，我對你來說卻並不是生活中的一切，你還有你的工作，某種程度上，你的工作甚至凌駕於我之上，特別是這次我生傅昭的時候，更讓我意識到了這一點。

你知道嗎，意識到這一點我是很心痛的，我這才明白，我對你的愛並沒有換來你對我相等的愛，我只是一廂情願的認為，我付出了全部，你也會為我付出全部的，可惜我錯了。

記得你來澳洲的時候我跟你說過，你發過誓要讓我幸福的，而我也發過誓要跟你共度一生，現在你根本就做不到你的誓言，我再固守我的誓言就有些傻了。有人說，嫁一個你愛的人，你會生活得很累，我確實是感到累了，所以我決定不再遵守我的誓言，不再跟你持續這段讓我很累的婚姻了，希望你能諒解我，也放我自由。誠然你讓我度過了人生中一段很快樂的時光，但我想，沒有你的生活，我會更輕鬆更快樂的。趙婷。」

看到這裏，傅華腦海裏一片空白，他茫然的看著趙凱，說道：「怎麼會這樣？爸，我知道我沒有照顧好小婷，可是以後的日子我會改的，我馬上就辦移民，不，我現在就過去澳洲，去跟小婷道歉。」

趙凱搖了搖頭，說：「傅華，你就是現在過去也是沒有用的，小婷的個性你又不是不知道。」

傅華急說：「那怎麼辦？我根本就沒想過要跟小婷離婚啊？你讓小婷跟我通個話，我來跟她說。」

趙凱說：「傅華，你先冷靜一下好不好？」

傅華叫說：「我怎麼冷靜啊？小婷都要跟我離婚了。」

趙凱說：「你這個時候知道什麼對你是最重要的了，你早在那幹什麼啦？」

傅華說：「對不起爸爸，我可以跟您道歉，我也可以跟小婷道歉，她讓我做什麼都可以，只是不要跟我離婚啊。」

趙凱看傅華情緒有點失控了，便大吼了一聲：「好啦，傅華，你也是個男人，你能不能冷靜一下聽我說？」

傅華這才清醒了一些，他也知道這個樣子是沒有用的，便痛苦地說：「事情不應該是這個樣子的啊。爸爸，你說我該怎麼辦？」

趙凱嘆了口氣，說：「你能不能聽我的，先退一步，給小婷一個思考的空間，她那個個性，你如果堅持不跟她離婚，會刺激她更走極端的。我和你媽媽都認為，其實你們之間並沒有什麼不可調和的矛盾，你留點空間給小婷，我和你媽媽也可以借機勸說她一下，也許能勸她回心轉意。」

傅華此刻已經毫無主意了，看了看趙凱，說：「這樣好嗎？」

趙凱說：「到這個時候你還有更好的辦法嗎？」

傅華洩氣地說：「哎，都是我沒照顧好小婷，如果她最終還是不肯原諒我，那放她自由也許能讓她生活得更快樂一點。」

趙凱說：「謝謝你肯為她著想。既然你同意這麼做，那下面的事情就簡單了，你把這份離婚協議簽了吧。」

傅華看了看協議，協議上除了離婚的條款之外，還約定了兒子傅昭由趙婷撫養，傅華可以探視。兩人在北京的房子歸傅華所有，傅華使用的車子也留給了傅華。

這些條件對傅華很有利，看來趙婷對傅華也不是一點情意都沒有。只是傅昭遠在澳洲，傅華想要探視兒子，怕是很不容易。

傅華看了看趙凱，說：「房子和車子都是爸爸您買的，我就不要了，其他的我都可以接受。」

趙凱說：「傅華，你不是想跟我們趙家斷了往來吧？」

傅華苦笑說：「我沒有這個意思，你們都還是我的親人。」

趙凱說：「那就對了，尤其是現在還有了傅昭，你就是想斷也斷不了的。房子和車子是我送給你的，今後呢，經濟上有什麼需求也可以找我們。記住，以前你是我的女婿，現在我把你當成自己的兒子。」

傅華感激的看了看趙凱，說：「爸……」

他哽咽了起來，他的父母已經先後離開人世，趙凱一家是他在這世上最親近的人，如果趙凱再捨棄他不管的話，他就真的成了一個孤兒了，趙凱這句話讓他從心中感受到了一股暖意。

趙凱瞭解傅華現在的心情，拍了拍傅華的肩膀，說：「傅華，爸爸心裏也很不好過，這幾天我一直在想，如果當初我不提議要移民，是不是就沒這麼多事情了？」

傅華立即說：「不關您的事，是我沒照顧好小婷。」

傅華對協議沒什麼意見，便在協議書上簽下了自己的名字。

趙凱擔心傅華的心理狀態，便對傅華說：「傅華，你要不要回家來住幾天啊？我這次回來會在北京住些日子，你的臉色很差，你這樣子我有些不放心。」

傅華搖搖頭，說：「沒事的，我能照顧好自己。」

趙凱知道這時候說再多的話也是無濟於事，便又拍了拍傅華的肩膀，說：「傅華，我知道這對你來說十分難熬，可是你是一個男人，我相信你能挺過這一關的。」

傅華無言的點了點頭，也沒跟趙凱說再見，茫然的離開了趙凱的辦公室。

他已經沒有精神去駐京辦了，強撐著回到家，便直接進臥室，衣服也沒脫，這兩個月來，他一方面要跑部委，努力為海川爭取保稅區，又要兼顧遠在澳洲的趙婷和兒子，蠟燭兩頭燒，身體早就嚴重透支，現在保稅區審批失敗，趙婷又跟他離了婚，讓他遭受了前所未有的雙重打擊，再也難以支撐下去，就一頭倒在了床上，昏睡了過去。

朦朧中，孫瑩巧笑嫣然的看著他，說：「傅華啊，好久不見了。」

傅華訝異地說：「是孫瑩啊，我們是好久沒見了，你還好嗎？」

孫瑩笑說：「我很好啊，吳雯現在跟我在一起，我們姐妹過得很快樂啊。」

傅華說：「你跟吳雯在一起啊，她現在好嗎？」

吳雯這時從孫瑩背後閃了出來，說：「傅華，你還記得我啊？」

傅華說：「我怎麼會忘記你這個花魁啊。」

說到這裏，傅華忽然意識到這兩個女人已經往生了，愣了一下，說：「你們不是……」

吳雯面帶微笑說：「你想起來了，我們都是另外一個世界的人了，這邊很快樂啊，傅華，你也過來吧，又何必在人世間受那種折磨呢？我們這兒無憂無慮，什麼都好，你快過來吧。」

傅華心中卻有很多的不捨，兒子、趙婷、曉菲、蘇南……這一刻他才發現人世間竟然有這麼多讓他留戀的人和事務，這邊雖然有痛苦，有無奈，可是真的要捨棄這些，才發現這些痛苦和無奈原來也是人生樂趣的一部分，沒有這些痛苦和無奈，人生也就沒有了樂趣。

傅華笑了笑，說：「我還是覺得這邊比較好。」

吳雯和孫瑩一聽傅華這麼說，臉色頓時變了，吳雯滿臉猙獰的說：「不行，你必須下來陪我們。」說著，就開始跟孫瑩一起要拖傅華，傅華拼命地掙扎，不肯跟她們一起離去。

這時吳雯叫了起來：「小田，快過來幫我們一下。」小田就衝了過來，加入了拖拽傅華的行列。

對付兩個女人傅華還可以，加入了小田這個壯漢，他就不是對手了，眼見就要被三人拽入深淵，忽然一陣像雷一樣的爆響，小田和吳雯孫瑩三人被嚇了一下，便鬆開手逃走了。

雷聲卻並沒有停止，還在繼續響著，傅華頭痛欲裂，煩躁的睜開眼睛，模糊地認出這是自己家的臥室，咚咚的響聲原來是有人敲打外面的防盜門。

傅華問了聲是誰？卻發現自己的聲音有氣無力的，外面的人根本就聽不到。他想要起來去開門，渾身卻一點力氣都沒有。

敲門聲還在響著，傅華強撐著起來去打開了門，門口站著羅雨，一臉惶恐的看著他，急促的問道：「傅主任，你沒出什麼事吧？」

傅華強笑了一下，說：「我這不好好的嗎？能出什麼事啊？」就打開門讓羅雨進來，一邊還說：「小羅啊，你這麼大驚小怪地敲我的門幹什麼？」

話還沒說完，傅華就軟軟的癱倒在地上，又昏了過去。

傅華再度睜開眼睛，已經躺在醫院的病房裏了，胳膊上吊著點滴，趙凱坐在床邊看著他，看到傅華睜開眼睛，鬆了口氣說：「你總算醒了。」

傅華想要坐起來，卻覺得渾身像千斤一樣重，只好頹然的放棄，問趙凱：「爸爸，我這是怎麼啦？」

趙凱說：「你在家裏昏睡了兩天，羅雨打你電話你也不接，到處找你也找不到，就找上門去，結果你開門後竟昏了過去，他趕緊把你送到醫院，然後通知了我。」

傅華苦笑著說：「沒想到我這麼脆弱。」

趙凱說：「不是你脆弱，醫生說，你這段時間身體極度透支，本來就很虛弱，加上小婷的事情，就是鐵打的漢子也撐不住。不過現在沒事了，在這裏調養幾日就會恢復了。」

這時，高月推開病房門走了進來，看到傅華，笑笑說：「傅主任，你可醒了，我們都被你嚇死了。」

傅華感激地說：「辛苦你了，高月。」

高月說：「我不辛苦，倒是你，在醫院裏發高燒昏迷了一天，讓我們急死了。」

趙凱看有高月照顧，便要離開，他對傅華說：「病來如山倒，病去如抽絲，你要趁這個機會好好調理一下，我還有事，回頭再來看你。」

傅華說：「謝謝你了，爸爸。」

趙凱說：「跟我還客氣。」

高月就幫傅華送走了趙凱，回來後，看著傅華說：「傅主任，你跟趙婷姐真的離婚了？」

傅華苦笑了一下，說：「你怎麼知道的？」

高月說：「是羅雨打電話通知趙董的時候，趙董說的。」

傅華說：「哦，是這樣啊。」

高月又說：「那你是不是就不移民了？」

傅華說：「我這個樣子還去澳洲幹什麼？誒，這件事情你告訴小羅一聲，不要讓他跟別人亂講啊。讓別人知道我因為離婚而昏迷，還不笑死我？」

高月安慰說：「多情未必不豪傑，你又何必在乎別人的想法呢？再說，你現在囑咐我似乎已經晚了，羅雨已經跟金達市長彙報了你的情況，金達市長對你很關心，還特別叮囑說用最好的藥給你治療，還說你醒了之後，馬上就通知他。」

傅華慘叫說：「這下可好了，估計全海川都知道我離婚了。」

高月說：「這也不是什麼丟人的事情。好啦，你既然醒了，我打電話給羅雨，讓他跟金市長說一聲。」

傅華阻止了高月：「還是等一等，等我恢復恢復，自己跟金市長說吧。」

高月勸說：「其實傅主任，你也別太在意離婚這件事，別這麼自苦，要看開一點，這不應該怪你的。」

傅華點點頭說：「你不用安慰我了，我知道該怎麼做。」

傍晚，羅雨過來看傅華，傅華已經有了些精神。

「小羅啊，這次還真是要謝謝你啊，多虧你去我家裏找我，要不然，我說不定現在就去見上帝了。」

羅雨笑笑說：「傅主任，你說這話就是見外了，就算是普通朋友我也應該這麼做的。」

傅華問羅雨道：「小羅啊，你想不想挑更重一點的擔子啊？」

羅雨愣住了，眼下更重的擔子只有駐京辦主任這個職務了，傅華這麼說是什麼意思？是想讓位給他嗎？他看著傅華，想從傅華的臉上看出傅華究竟是什麼意思，是試探他呢，還是真心想讓他更進一步。

羅雨想了想說：「傅主任，不怕跟你說實話，有段時間，我還真想早日取代你的位置，可是慢慢我就明白，這個位置你比我更合適，有你在，我們駐京辦才能穩定的發展，這副擔子我挑不起來。」

傅華笑說：「其實誰都不是一上來就適合做某個職務的，大家都需要一個適應的過程，我剛到駐京辦的時候，也是一副誠惶誠恐的樣子，深怕自己做不好。其實小羅你行的，你做駐京辦副主任這麼長時間，鍛煉的也差不多了，滿可以挑起大梁來了。」

羅雨不解地問：「傅主任，你這麼說什麼意思？你不準備留在駐京辦了？」

傅華點了點頭，說：「我在海川駐京辦待的時間已經夠長了，雖然費盡心力想要把工作做好，但往往事與願違，這次保稅區的審批就給了我一個警訊，說明我的能力已經不足以承擔起駐京辦主任的責任來，是時候離開了。」

羅雨說：「傅主任，你別這麼說，大家心裏都很清楚這次保稅區的審批失敗，責任不在你，再說，如果連你都承擔不起來，我又怎麼能承擔起來呢？」

傅華說：「小羅啊，你別看不起自己，你行的。再說，我現在真的是累了，再留下來，只會誤人誤己。」

羅雨說：「傅主任，孀子的事情不至於影響你這麼大吧？」

傅華語重心長地說：「其實認真想一想，我們努力工作就是要給自己和家人創造一個好的生活環境，不久前還有人說我只顧工作不顧家人，是本末倒置，我當時還不覺得，現在想想，他說得可真對，家人我都照顧不好，再辛苦工作有什麼意義呢？我心裏已經有了決定，回頭我就向市政府推薦由你來接替我，你要有心理準備。」

羅雨急說：「這不行啊，傅主任，我知道這是你信任我，可是我不能在這個狀況下接替你的，你還是打消這個念頭吧。」

傅華堅決地說：「我心意已決，你就不要再勸我了。」

羅雨說：「反正我不接受。」

傅華說：「那就讓上面來做這個決定吧。」

羅雨說：「傅主任，這時候我們就先別爭這個了，不管你要怎麼做，起碼先把身體養好，行不行？」

傅華點點頭說：「這點聽你的。」

陸續有朋友聽到傅華病了來看望他，蘇南也來了，傅華在跟蘇南閒扯了一些之後，笑著說：「南哥，如果我去給你做手下，你要不要我啊？」

蘇南愣了一下，看了看傅華，笑笑說：「你要來我這裏？你是說真的嗎？」

傅華點了點頭，說：「當然是說真的啦。」

傅華在思考著自己離開駐京辦要去幹什麼，通匯集團那邊他顯然是不會考慮的，雖然他相信只要他開口，趙凱一定會給他一個很好的安排。蘇南的振東集團便成了他的首選，他很欣賞蘇南做事的風格，相信跟他做事一定是件令人愉快的事情，同時傅華相信自己也一定受蘇南的歡迎。

令人意外的是，蘇南卻拒絕了他，說：「傅華，如果你想到我那裏做個閒職，我倒是可以安排，但是如果你想要做事，還是不要到我那去，我那裏不適合你的。」

蘇南的意思很明白，我可以出於朋友的情面養著你，但是我無法給你一個可以發揮所長的職位。傅華臉上有點發熱，他沒想到會被蘇南打了回票。

蘇南看看傅華，說：「傅華，不是我不給你這個機會，你也知道，我現在公司建築工程方面是一種萎縮狀態，一直在裁員，你這時候進來，沒合適的位置不說，也與大形勢不符；至於投資業務，我現在都是委託給專業人士去經營，我不干預他們的經營活動。說實話，這方面我也是不太懂，所以你讓我給你一個合適的位置，我還真不知道該如何來安排你。」

蘇南說的也在情理之中，傅華便說：「我明白南哥的意思了，我還是另想別的辦法吧。」

蘇南說：「你這又是何必呢，你們那個金達市長，按照你說的，是一個很有水準的人，既然他有水準，就應該明白這次保稅區的審批失敗責任不在你，你為了這個要離開駐京辦，就沒必要了吧？」

傅華說：「我是有些疲倦了，想換換環境。」

蘇南說：「老弟啊，你要看開一點，你想換換環境這種想法是很好的，可是你的問題不在環境，而是在於心境。其實環境再怎麼換也差不多，換湯不換藥。就說我吧，現在想不做實業，轉做投資，可是我看了他們做資本運作的操作方式，其實跟實業操作是大同小異的，也是需要運作各種關係，打通各方面的管道，這跟我當初想盡辦法去攬工程有什麼區別嗎？沒有啊。」

傅華聽了說：「那算了，不行的話，我找找張凡教授，索性再去跟他讀幾年書。」

蘇南看了看傅華，說：「你就這麼想離開駐京辦嗎？」

傅華說：「你不明白我的心境的，我感覺我在駐京辦各方面都走進了死路，沒有做下去的動力了。」

蘇南笑說：「你才多大年紀啊，怎麼說這麼頹廢的話？」

傅華說：「你說過這是心境的問題，與年紀無關的。」

蘇南說：「我覺得你先別想這麼多了，把一切先放下，養好身體再說。如果那個時候你還想去我們振東集團，我負責給你一個很好的安排。」

傅華十分感動，這才是情義相挺的朋友，他對蘇南點了點頭，說：「謝謝你了南哥。」

兩人又閒聊了一陣，蘇南就離開了。

蘇南走後不久，曉菲走進了病房，傅華愣了一下，說：「曉菲，你怎麼來了？」

曉菲看了看傅華，說：「你是不是不準備把你離婚的事告訴我？」

傅華坦承：「是，我和趙婷之間還有些事情沒處理完，這種情況下，我覺得不適合跟你說。」

曉菲笑說：「你是不是怕我纏上你啊？」

傅華搖搖頭，說：「我沒有想過這個問題，不過，我相信你處事比我成熟，應該不會產生這種問題的。」

曉菲說：「你總算還是很瞭解我。」

傅華說：「這些是南哥跟你說的？」

曉菲說：「是啊，南哥跟我說，你現在備受打擊，人很消沉，想離開駐京辦，讓我有時間過來看看你，安慰一下你。」

傅華苦笑了一下，說：「我沒事的。」

曉菲輕輕的撫摸傅華的臉龐，心疼的說：「你都瘦脫形了，還跟我說沒事。你真的這麼在乎趙婷嗎？」

傅華不知道自己該說什麼，說在乎，他跟曉菲有一段情，這樣子肯定會傷害曉菲；說不在乎，這次自己住院大多是因為趙婷，顯然是假話。

曉菲看出了傅華的為難，便說：「好啦，你不用回答我了，我知道你心中是怎麼想的。誒，對了，你真的想離開駐京辦嗎？」

傅華點點頭，說：「是的。」

曉菲說：「你如果真的想離開駐京辦，我倒是可以幫你想辦法，如果你想繼續在政壇上發展，我可以想辦法讓人幫你在北京找空缺，如果你想經商，乾脆就和我一起經營四合院算了。」

曉菲這是一片好心想要幫助傅華，可傅華卻明白自己不能接受，他心中還有一絲想要挽回和趙婷婚姻的念頭，這時候接受曉菲的幫助，顯然是不明智的。再說，他也不想寄身於曉菲這種女強人的羽翼之下，喜歡她是一回事，可跟著她做事就是另外一件事了。

傅華意識到，他跟趙婷的婚姻之所以會破裂，一個很主要的原因，是他越來越讓趙婷在這段婚姻中佔據控制地位，卻又無法完全滿足趙婷，這才導致趙婷對他產生怨隙，最終提出離婚。現在傅華還沒考慮過他和曉菲的未來，可是他不得不防患於未然，避免一旦他和曉菲重蹈和趙婷的覆轍。

傅華搖搖頭，說：「謝謝你為我考慮這麼多，不過，我有我自己的打算，你就不用管我了。」

曉菲笑了笑說：「也好，其實我也感覺我這樣做，可能會讓我們的關係變得很尷尬，你那個脆弱的自尊心怕是又要受不了了。」

傅華笑了，正要說些什麼，手機響了，看看是金達的號碼，傅華就接通了。

金達問說：「傅華，你好些了嗎？」

傅華回說：「好很多了，醫生說再休息幾日就可以出院了。」

金達說：「不要急著出院，多將養些時日，把身體徹底養好再說，我知道這段時日你確實辛苦了。」

傅華說：「謝謝金市長的關心，我沒什麼了。」

金達說：「你醒過來幾天了？」

傅華說了天數，金達不滿的說：「這個小羅是怎麼回事啊，我告訴過他，你醒過來馬上就給我電話的。我今天打電話，就是想你不太可能這麼久還沒醒過來。」

傅華說：「這不怪小羅，是我不讓他跟您彙報的。」

金達頓了一下，說：「傅華，你是不是心裏在怪我沒讓你在澳洲多待些時日，才導致你跟趙婷離婚的？你應該瞭解當時的狀況，我們的審批正處於關鍵時刻，你是一員大將，你不在北京，我心裏很不踏實的。」

傅華說：「我沒怪您金市長，這是我自己的問題，怪不到您的頭上。我沒讓羅雨跟你彙報，是因為我在思考要如何跟你談辭職的事情。」

金達驚詫的說：「傅華，你既然已經離婚了，就不需要移民了，不需要移民還辭什麼職啊？」

傅華說：「移民是不需要了，但是我也不想再留在駐京辦了。這次的審批失敗，我應該負上很大的責任，可能正像您說的那樣，我沒有盡力吧，我再留在駐京辦主任的位置上，就有些尸位素餐了。」

金達尷尬的說：「傅華，我明白這次審批失敗責任不在你，前些日子我可能把話說得重了些，那是我這個人求好心切了，我跟你道歉。」

金達想到了一直以來傅華對他的很多幫助，在他最困難的時候，是傅華在背後激勵他，他才能靜下心來，認真思考寫出了那篇被省裏看好的海洋經濟戰略報告，也才有了東山再起的機會。如果自己在傅華最困難的時候讓他離開駐京辦，還是頂著為保稅區審批失敗負責的名義，那他肯定會被人在背後罵忘恩負義的。

金達當然不想成為忘恩負義的人，這也是他肯主動跟傅華道歉的原因之一。

傅華沒想到金達會主動跟自己道歉，他心中也再次感受到當初兩人之間的那種友情，多少有點感動。

不過，金達雖然道歉，並沒有改變傅華要離去的決心，便笑了笑說：

「金市長，您別這麼說，不關您的事，是我自己有些累了，想要換個環境。現在駐京辦經辦的事情大多告一個段落，沒什麼離不開我的事情了，羅雨同志經過這段時間的鍛煉，也足可以挑起駐京辦的擔子了，我覺得我是時候離開了。」

金達說：「傅華，你非要離開嗎？你不做駐京辦主任也可以啊，回海川來嘛，回市政府來工作好了。」

傅華更不願意回到市政府去工作，駐京辦這裏相對來說什麼都還簡單一些，市政府各方面的利益糾葛在一起，別提多複雜了，傅華是想脫身過一種簡單的生活，而不是走進矛盾的漩渦之中。

傅華說：「金市長，我不會回海川的，我想趁這個機會休整一下自己，也許回學校去念念書什麼的。」

金達無奈地說：「傅華，你對我的成見就這麼深麼？就是不願意幫我嗎？你要讀書可以啊，你也可以邊工作邊讀書嘛，市裏面負擔你的學費都可以。」

傅華說：「金市長，我這樣做並不是對您有什麼成見，是我自己的心境問題。」

金達說：「傅華，你是一個男人啊，不要因為婚姻上受了點小挫折就這麼灰心。好了，關於你辭職的事我們今天先不談了，你先養好身體，冷靜一下，我們過段時間再談這個問題，好不好？」

「不是，金市長……」

傅華還想說什麼，金達卻不讓他說下去，直接打斷他的話說：「傅華，你現在情緒還沒平復下來，還不能冷靜地思考，所以我不想聽你再說什麼了，你好好養病就是了。」

金達說完就掛了電話。

曉菲在一旁聽著，說：「你們市長對你還是不錯的，這樣的領導你上哪裡去找啊，好啦，你就別跟人家鬧小脾氣了。」

傅華苦笑說：「我鬧什麼小脾氣啊，我真的是感覺太累，想休息一下而已。」

第二章

紅頂商人

趙凱說：「你是學經濟的，你研究沒研究過胡雪巖和盛宣懷這兩大清末最有名的紅頂商人？」
傳華說：「沒做過詳細的研究，不過他們的資料看過一些。」
趙凱說：「那你覺得胡雪巖和盛宣懷哪一個算是最成功的？」

在海川，金達放下電話之後，就開始思考要如何留住傅華。

他是真心不想讓傅華離開。金達明白，他身邊像傅華這種真心為他好的朋友並不多，很多人對他表面稱好，其實並不是真心服從他，而是衝著他市長的權勢，都是些趨炎附勢之徒，真正到了關鍵時刻是靠不住的。他很需要像傅華這樣的人留下來幫他。

可是要如何留下傅華來呢？金達感覺需要一個能打動傅華、提振傅華士氣的東西。可是什麼東西能夠打動傅華，提振傅華士氣呢？

金達想來想去，覺得應該給傅華一個必要的提升。

原本金達就打算讓傅華掛一個副秘書長的頭銜，讓傅華在級別上更上一級，雖然傅華也許不在乎這個，可是對於仕途中人來說，這是一個很大的激勵。

其實以傅華的資歷早就應該這樣啦，他這些年為了海川做了多少事啊。可是當金達知道傅華要移民時，就打消了這個念頭。現在確定傅華不會移民了，這個升職的事情就又有必要了。

同時金達也想，自己如果向市委建議提升傅華，就算最後還是無法挽留傅華，旁觀者也會覺得自己對傅華算是仁至義盡，傅華再要走就是他自己的事情了，而不會覺得是他金達忘恩負義。

於是，金達就在書記會上把自己想要傅華掛副秘書長銜的想法提了出來。

張琳說，傅華這個同志還是很不錯的，這些年也為海川做了些事情，掛一個副秘書長銜可以考慮。專職的副書記于捷是新近從省裏派下來的，還在熟悉海川情況的階段，現在看一二把手都有這個意思，他自然沒有反對的必要，便也表示了贊同。於是書記會就通過了金達這個建議。

穆廣知道這個消息之後，便來找金達，問道：「金市長，我聽說您在書記會上建議讓傅華同志掛副秘書長銜？」

金達點點頭，說：「是的，怎麼，穆副市長有意見？」

穆廣說：「您覺得這個時候這麼做合適嗎？我們海川市剛剛報批保稅區失敗，這個駐京辦總是有些責任的，這不罰也就算了，還要提升傅華，這會讓同志們怎麼看呢？」

金達看了看穆廣，雖然他批評過駐京辦對保稅區報批不夠盡力，可是他並沒有諉過於駐京辦的意思，穆廣是這一次報批的主要參與者，現在穆廣在自己面前提出要駐京辦承擔責任，是不是他想要推卸責任啊？

金達心中打了個問號，這時候他是要維護傅華的，便說道：「保稅區的事情責任不在傅華，這是市裏面的決定，相應的責任由我來承擔。至於我向書記會建議讓傅華掛副秘書長銜，是因為傅華同志以前做出的成績，張書記也贊同我的觀點，所以我認為並沒有什麼不合適的。」

金達主動為這次報批承擔了責任，穆廣就不好再說什麼了，便說道：「金市長，您也別把責任都攬在自己身上，要說到責任，我也是有責任的。」

金達笑了笑說：「其實傅華同志也提出了要承擔這一次的責任，大家都這樣主動承擔真是讓我很欣慰。古人說兄弟齊心，其利斷金，我們這些同志這麼齊心，相信能把海川的經濟工作搞上去的。」

穆廣立刻笑笑說：「那是那是。」

嘴上雖然這麼說，可穆廣心中卻暗道：「鬼才跟你兄弟齊心、其利斷金呢，要不是因為你主動承擔責任，我才不會攬這個責任呢。」

金達又說：「穆副市長你過來了正好，我正想找你商量一下保稅園區的後續事宜，現在國家已經不批准了，那塊原本留著建園區的地要怎麼處理啊？」

穆廣看了看金達，說：「那金市長的意思是？」

金達說：「我就是還沒主意才問你的。」

穆廣說：「依我看，保稅園區不能建，不代表海產品深加工工業園區不能建。」

金達說：「你的意思是，我們不改初衷，仍然按照原來的設想建海產品深加工工業園區？」

穆廣點點頭說：「對。」

「可是我們沒有了保稅區這個噱頭，人家會來投資嗎？」金達懷疑地問說。

穆廣笑笑說：「沒有保稅區，我們可以提供別的噱頭，土地優惠啊什麼的，我們地方上也是有一定的自主權的嘛，我相信綜合下來，不一定比保稅區這一塊差多少。」

金達說：「那土地審批問題怎麼辦？國家不批准我們建保稅區，我們的土地審批就沒有了名頭，這麼大一塊土地要得到批准，難度很高。」

穆廣笑了，說：「金市長，你應該聽說過化整為零這個詞吧？」

金達知道穆廣的意思，所謂的化整為零，就是將一塊大的土地分成幾個小塊報批，由於土地審批是有許可權劃分的，小的地塊可以在地方就得到批准，因此可以回避一些國家硬性規定。金達跟在郭奎身邊的時候，省裏曾查處過幾宗這樣的案件，因此他也知道這種操作手法。

「可是穆副市長，這好像是違規的。」金達疑慮的說。

穆廣說：「我知道，可是大家都在這麼做，我們跟著做又何妨呢？現在是改革年代，大家都在摸著石頭過河，有些時候動作大了一點也沒什麼問題的。老實說，我在原來縣裏也曾經這樣做過，我們縣裏的工業園區紅火了之後，上級還表揚過我們思路開闊，勇於創新呢。」

金達猶豫說：「可是違規總不是一件好事。」

穆廣笑笑說：「這就要看金市長你想要什麼了，你是想做一個循規蹈矩，什麼事都按照規章來，沒什麼作為的平庸市長呢，還是想做一個開拓進取，在海川幹出一番政績的市長呢？」

金達無法馬上下定決心，他是書生性格，做事喜歡多想，要他邁出這一步，確實有點不太容易。

穆廣看出了金達的顧慮，便說：「其實金市長您是多慮了，這種行為談不上什麼違規的，整個工業園區可以分成幾大區，生產、倉儲之類的，我們每一個園區都依法審批，誰能說我們是違法的？」

金達點點頭，贊同了穆廣的說法，便說：「也是，回頭我們市政府這邊好好研究一下，看怎麼走活這步棋。」

晚上，穆廣又去了關蓮那裏。

進門後，關蓮接下了他的手提包，穆廣在沙發上坐了下來，扭了幾下脖子，說：「這官真不是人幹的，一天下來累死了。」

關蓮走到穆廣背後，給穆廣按摩著肩膀，一邊說：「哥哥，我原來還以為你們這些官很好做呢，在臺上講講話，陪人家吃吃飯，到處看到的都是人們的笑臉，吃的都是山珍海味，多自在啊。」

穆廣呵呵笑了起來，說：「你這個傻瓜，你這是只見賊吃肉，沒見賊挨打啊。你以為一個官員是那麼好做的？我一天要費多少腦筋啊？特別是我現在伺候的金達市長，什麼屁本事沒有，好多事情還得我教他。」

關蓮聽了，笑說：「哥哥，你說人家什麼屁本事沒有，那人家怎麼幹上了這個市長了？還是你的上級呢。」

穆廣伸手扭了一下關蓮嫩嫩的臉蛋，笑說：「笑話我是吧？」

關蓮嬌聲地說：「我哪敢啊？我不過是心裏奇怪就是了。」

穆廣嘆說：「哎，這就是人的運氣問題了，人家金達命好，一踏入仕途，就遇到了省委書記郭奎，郭奎很賞識他，所以他馬上就平步青雲了。哪像我，什麼都得靠自己努力，混到這個副市長就已經耗去了我十幾年的時光。」

關蓮納悶地說：「這不過是說金達運氣好，並不是說他草包啊。」

穆廣說：「這你就不知道了吧？」

關蓮說：「哥哥說給我聽，我不就知道了嗎？」

穆廣笑笑說：「我說金達屁本事沒有，也是其來有自的。省委書記這麼扶持他，他前段時間還是栽了一個大跟頭，他那時還是海川市排名最後的副市長，仗著郭奎的支持，竟敢跟當時的市長徐正鬥法，結果吃了癟，幾個回合就敗下陣來，最後連郭奎都沒辦法保他，只好把他打發去中央黨校讀書。」

「可是他後來怎麼又成了市長了呢？」關蓮問。

穆廣說：「要不怎麼說這傢伙運氣好呢，他去北京之後，就遇到了駐京辦主任傅華。據說當時金達是垂頭喪氣去的北京，以為自己一敗塗地了，結果在跟傅華接觸後，被傅華重新提振了士氣，更在傅華的幫助下，寫了一份海川海洋經濟發展戰略給郭奎，讓郭奎重新對他有了信心，恰好此時徐正那個倒楣鬼去巴黎嫖妓出事，竟然一命嗚呼，金達就在這時候冒了出來，成了海川市的市長。」

關蓮聽了說：「原來這個傅華這麼有本事啊，那哥哥你為什麼不跟傅華好好交往一下，說不定他也能幫你做上市長的位置呢。」

穆廣呵呵笑了起來，說：「你啊，真不知道是聰明呢還是笨，我跟你說過，我跟傅華原本就不是一路人，他能對金達有幫助，是因為他跟金達是同一類人，他們都是原則性很強又很廉潔的人，他們在一起是一種相生的關係，而跟我就是一種相剋的關係了，怕是到時候他不但幫不了我什麼忙，還會對我有害。」

「那這個傅華的存在，是不是對你來說就是一種威脅了？」關蓮又問。

穆廣說：「威脅還談不上，反正不是好事。特別是我發現金達在很多方面都喜歡聽取傅華的意見，這對我來說就更不是一件好事了。傅華跟金達不一樣，他是一個很有政治手腕的人，金達還可以利用，這個傅華恐怕就很難利用了，我很擔心我在金達面前做什麼手腳的話，會被傅華識破而壞了事。」

關蓮皺了一下眉頭，說：「原來你們之間這麼複雜啊？」

穆廣笑了：「寶貝，我為什麼累啊，還不是想著要怎麼跟這些人鬥嘛？」

穆廣說著，把關蓮攬進了懷裏，探手深入到關蓮的胸前開始揉搓了起來，嘴裏說道：「還是到寶貝你這兒來最好，讓我身心都能得到放鬆。」

關蓮在穆廣的動作下，情緒被帶動了起來，牛皮糖一樣在穆廣懷裏扭來扭去，穆廣也動了情，就抱著關蓮進了臥室……

一番耗盡體力的大戰過後，關蓮偎依在穆廣懷裏很快睡了過去。穆廣看著她姣好的面孔，心裏說：這就是年輕的好處，沒什麼心事，吃得飽睡得香啊。

也是，這個女人就是寄生在自己身上的，只要自己一切順遂，她真的沒什麼不好過的，甚至就算自己出了什麼事，這個女人恐怕很快就會投身於別的男人懷抱，繼續這種寄生生活去了。

總體來講，穆廣對自己今天跟金達之間的談話還算滿意，雖然他原本找金達是想說服金達撤回對傅華的提升的。

其實一開始，穆廣本來是想跟傅華拉好關係的，他在到任之前，對海川政壇的生態做過一番瞭解，知道傅華在其中扮演了一個很重要的角色。因此在他到任後的北京之行，在傅華面前做足了戲碼，一方面表明自己公私分明，另一方面也表現了自己作為領導體恤下面單位的一面，刻意一上來就幫駐京辦解決了資金上的困難。

按說傅華應該對自己有所感激，可是穆廣並沒有在傅華身上看到這一點，特別是駐京辦資金批下去之後，傅華至少應該打個電話來跟自己說聲謝謝吧？可是傅華連最起碼的道謝都沒有。

穆廣就明白他對傅華的拉攏算是失敗了，自己對他的小恩小惠，並沒有打動他。穆廣心裏很彆扭，知道這個人不能為他所用。

後來穆廣更發現金達對傅華十分依賴，很多事都要詢問參考傅華的意見，傅華儼然是金達幕後的高參，這讓穆廣心中更不是滋味，甚至有些嫉妒，按說自己這個常務副市長才應該是金達最信賴的第一助手才對。

穆廣認為自己的仕途還有很長一段發展的路，他希望能夠走上更重要的領導位置。

他是一個很會審時度勢的人，在他知道金達有很深的背景支持之後，他就選定了要跟金達合作的想法。

但是可以跟金達合作，並不代表可以跟傅華合作，金達對傅華的賞識，讓穆廣心生警惕，他可不想自己幫金達成就一番功績之後，收穫碩果的卻是傅華。

這不是不可能的，金達已經幾次表露出想要傅華回海川來幫他的意思，穆廣相信金達這個目的一旦達成，傅華的仕途就算是插上了翅膀，在金達市長任內未來的幾年，傅華一定會平步青雲。

這是一個無形的對手，穆廣自然不願意讓他壯大實力，特別是傅華如果掛了副秘書長銜之後，更是離副市長的級別只有一格了。

穆廣原本想這次保稅區審批失敗可以打擊一下傅華，金達在這次審批當中，對傅華不時表現出不滿，可是事情突然有了逆轉，金達不但沒有借此疏遠傅華，反而打算提升傅華。

這可讓穆廣有些坐不住了。原本他對傅華沒什麼動作，是因為他想傅華反正很快就會移民了，等於傅華主動退出了競爭，誰知道偏偏在這個時候，老婆竟然跟他離了婚，斷了傅華移民的可能，讓穆廣不得不重新掂量傅華的分量。

北京。

接連休養了幾日，傅華的臉上已經有了血色，讓來看望他的趙凱很是高興。

趙凱說：「這樣就好，我也放心了。」

傅華看了看趙凱，說：「爸，你有沒有跟小婷說我病的事情？」

趙凱臉色暗了下來，說：「我跟小婷在電話裏說過了。」

傅華急切的說：「那她是什麼反應啊？」

趙凱說：「她倒是很關心你，讓我帶話給你，說要你好好將養身體。」

傅華失望的說：「就這樣啊，那她有沒有提過和我的事？說沒說她下一步有什麼打算啊？」

趙凱知道傅華的意思，說：「傅華，小婷不會這麼快回頭的。她讓我跟你說，她跟你已經是過去式了，希望你往前看，不要老是徘徊在過去的時光裏。」

傅華嘆了口氣，說：「她還是不肯原諒我。」

趙凱說：「你別這麼傷心了，這樣對你的身體並沒什麼好處。」

傅華又對趙凱說：「爸爸，你能不能讓小婷跟我通個話啊，我很想傅昭，我想見見他。」

趙凱說：「不行啊，我有跟小婷說，讓她自己跟你談一談，可是她堅決不同意。至於傅昭，倒是好辦，我讓人在澳洲拍一段他現在的視頻給你，你可以看看。」

傅華沒想到趙婷會這麼決絕，看來一個女人做了什麼決定之後，心會比一個男人還硬，灰心地說：「這是我自作孽啊。」

趙凱說：「你別再自責了，我說點讓你高興的事情吧，我給你帶了一片光碟來。」

傅華驚訝的說：「爸，你已經給傅昭拍了視頻了？」

趙凱笑笑說：「不是啦，你還記得當初你想花錢跟刀疤臉買光碟的事嗎？」

傅華愣了一下，說：「那件事情過去很久了，我被那傢伙騙得很慘。再說，跟這片光碟有什麼關係啊？」

趙凱說：「這就是你想買的那片光碟。」

傅華驚訝的說：「什麼，這就是當初吳雯的那份視頻？爸爸，這怎麼會到你手裏的呢？」

趙凱說：「怎麼不會到我手裏？實話說，這份視頻我拿到很久了，只是我一直沒想好要不要給你。」

傅華詫異地道：「為什麼？這份視頻您早點給我的話，我也許早就將劉康繩之於法了，也就不會讓他在國外逍遙自在了。」

趙凱笑說：「雖然我拿到這份視頻有一段時間了，可是還沒早到那樣。我拿到這份視頻時，劉康已經離開國內了。」

傅華好奇地問：「那您是怎麼拿到它的？我可是費盡心機也沒再找到一絲的線索。」

趙凱說：「你那天跟刀疤臉交易的時候，其實我的人就在附近。刀疤臉騙了你之後，我的人就把他控制住了。我是因為發現你在銀行提了一大筆錢，猜測你可能要跟人做什麼交易，怕你出意外，就派人在後面跟著你。」

傅華說：「既然這樣，爸爸你當時為什麼不告訴我呢？」

趙凱說：「我告訴你幹什麼？讓你接著胡亂調查嗎？你這個人啊，有時候聰明的要命，有時候卻笨得要死。你就沒想想你那麼公開的去找小田的朋友，不會引起人注意嗎？」

傅華愣了一下，問道：「難道劉康的人也在注意我？」

趙凱說：「是不是劉康的人我不敢說，可是我的人告訴我，當時還有一幫人在注意你跟刀疤臉的交易。」

傅華說：「那肯定是劉康的人了，他一定是擔心我繼續查下去，所以派人盯我的稍。不過，有件事我不明白，據我猜測，刀疤臉手中也沒有這份視頻，否則他也不用設局來騙我了。」

趙凱點點頭，說：「刀疤臉手中是沒有這份視頻。」

「那這份視頻是從哪裡來的？」傅華不解地說。

趙凱說：「刀疤臉沒有，不代表別人沒有，我為什麼要控制刀疤臉，是因為我覺得刀疤臉是當時所知最熟悉小田的一個人，只要掌握他，就可以找到小田可能藏匿視頻的地方。果然，經過一番詢問，我的人得知小田有一個關係很好卻很少帶出來的相好，於是費了一番勁把這個相好給找了出來，在她那裏找到了這份視頻。這些事情我都是暗中秘密做的，我怕一公開就會招來劉康的報復。」

傅華明白趙凱這是為了保護他，便感激地說：「謝謝你爸爸。」

趙凱說：「你不用感謝我，我們是一家人，我有責任保護家人的安全。我原本以為你會跟趙婷移民到澳洲，離開這兒，你就不會再管這種閒事，這份視頻就沒什麼用了，誰知道天意弄人，竟然發生小婷跟你離婚這件事情。既然你留在海川，我想這份視頻也許對你還有用處，所以就帶給你了。」

傅華苦笑了一下，說：「現在也沒什麼用處了，徐正死了，劉康也已經遠走國外，這份視頻就是交給有關部門，有關部門也很難拿劉康怎麼樣的。」

趙凱說：「這很難說，劉康雖然遠在國外，但他是那種不甘寂寞的人，也許他看到國內風平浪靜，會再回來的，那時候這份視頻也許就會有用了。」

傅華說：「恐怕我也等不及了，我已經向金達提出了辭呈，我要離開海川駐京辦了。」

趙凱愣了一下，說：「你不是說你跟這個金達挺合得來的嗎？怎麼突然要辭職呢？不會又是為了小婷吧？」

傅華說：「有一點這方面的因素，我之所以忽略小婷，就是因為過於傾注精神在駐京辦上。但也不完全是因為小婷，這一次市裏面報批保稅區失敗，我覺得我也應付一定的責任，加上原本已經打算移民離開駐京辦，所以索性辭職算了。」

趙凱看了看傅華，搖搖頭說：「傅華啊，你不應該這麼脆弱的。可能這麼多事剛好趕到了一起，讓你一下子失去了方寸，不能很理智地去判斷自己的未來。」

傅華苦笑說：「是，爸爸你說的真對，我現在是有些不知道該如何是好。我跟蘇南說想到振東集團跟他幹，他卻說振東集團並沒有適合我的位置。哎，實在不行，我回學校去跟張凡老師再學習幾年好了。」

趙凱聽了，說：「學習幾年之後又怎麼樣？莫不成你想做一個學者？」

傅華說：「也許吧，雖然我覺得自己並不是一個做學者的料。不過現在也沒別的更好選擇，暫時去調整一下心態再說吧。」

趙凱不以為然地說：「你這根本就是在逃避，對自己沒有清楚的認識。這一點上，蘇南對你的認識都比你強。」

傅華困惑的說：「難道爸爸你也認為，我去振東集團不會有什麼作為嗎？」

趙凱分析說：「我不敢絕對這麼說，你這個人啊，怎麼說呢，頭腦是有的，有些時候也能放下身價，做一些心裏並不情願的事情，但是這樣子要做一個成功的商人是遠遠不夠的。一個成功的商人不只要有敏銳的判斷，而且還需要果斷的行動。還有一點，大多時候要放下道德的包袱，要敢於為利益不擇手段，不要相信什麼德商、儒商之類的東西，那都是一些商人成功之後拿出來妝點門面的，中國目下這種環境，還沒有什麼德商、儒商產生的土壤。」

傅華說：「也不是這麼絕對的吧？」

趙凱笑了，說：「你是學經濟的，你研究沒研究過胡雪巖和盛宣懷這兩大清末最有名的紅頂商人？」

傅華說：「沒做過詳細的研究，不過他們的資料看過一些。」

趙凱說：「那你覺得胡雪巖和盛宣懷哪一個算是最成功的？」

傅華想了想說：「應該是盛宣懷吧，他開辦了很多具有近代意義的實業，也被稱為是中國近代實業之父。而胡雪巖雖然名氣很大，但他開的錢莊藥鋪之類的，其實還是延續了封建時代的舊的經營方式，並無新意。再就成敗而論，胡雪巖是敗於盛宣懷之手，死前就破產了，盛宣懷卻把財富傳了下去，雖然盛家後人再無什麼經商的名人，可是也保了好幾代後世子孫衣食無憂。」

趙凱說：「看來你對這兩個人還算了解，那你就應該知道這兩個人的發家史，也就更明白這兩個人做事的手法。雖然很多人推崇胡雪巖，還研究胡雪巖的經商方式，可是我覺得這都是不瞭解胡雪巖。說到底，胡雪巖的經營方式就是一句話，官商勾結，他成於官商勾結，也敗於官商勾結，這有什麼好學的？我倒是覺得後來盛宣懷擊敗胡雪巖的過程可圈可點，甚至比起哈佛的ＭＢＡ經典案例也絲毫不遜色。這兩個人我研究過很多遍了，通匯集團做得越大，我心中越是感到危機，生怕集團會像胡雪巖的財富帝國一樣，一夕崩塌。」

傅華曾讀到過盛宣懷擊敗胡雪巖的過程，盛宣懷採用了直擊要害的手段，以快打慢，使得胡雪巖的財富帝國在短時間內訇然倒塌。盛宣懷做到了知己知彼，招招都衝著胡雪巖的要害下手，而胡雪巖在整個商戰過程中，都是後知後覺，絲毫不知道盛宣懷對他下手了，所以處處被動。

盛宣懷知道胡雪巖每年都要囤積大量生絲，以此壟斷生絲市場，控制生絲價格。當一個人過於依靠某種東西時，往往就會處處受制於它。盛宣懷就看準了這一點，知道生絲是胡雪巖的死穴，一出手便打這個胡雪巖的死穴。他透過密探掌握胡雪巖買賣生絲的情況，大量收購，再向胡雪巖的客戶大量出售。同時收買各地商人和洋行買辦，讓他們不買胡雪巖的生絲，致使胡雪巖生絲庫存日多，而他的資金大部分都壓在生絲上，資金鏈就緊繃起來了。

盛宣懷又事先串通外國銀行向胡雪巖催款。這時，左宗棠遠在北京軍機處，來不及幫忙。由於事出突然，胡雪巖只好將他在阜康錢莊的錢調出八十萬兩銀子，先補上這個窟窿。然而，盛宣懷算好了胡雪巖會這麼做，他通過內線，對胡雪巖調款活動瞭若指掌，於是趁阜康錢莊空虛之際，發動人到錢莊提款擠兌。

胡雪巖這時候想起左宗棠，趕快去發電報。殊不知盛宣懷暗中叫人將電報扣下。胡雪巖見左宗棠那邊沒有回音，這才真急了，只好把他的地契和房產押出去，同時廉價賣掉積存的蠶絲，希望能夠挺過擠兌風潮。

不想風潮愈演愈烈，各地阜康錢莊門前人山人海，門框都被擠歪了。胡雪巖此時才明白，是盛宣懷在暗算他。可惜晚了，胡雪巖的現金流一時中斷，偌大的基業突然崩潰，顯赫一時的紅頂商人最終因為這一役悲憤而死。

趙凱說：「我跟你說這個，並不是說要你居安思危，而是告訴你，這才是一個商場的原生態，這裏面有陰謀，有為了利益不擇手段，又豈是你這種個性的人做得來的。」

傅華苦笑了一下，說：「那我豈不是一無是處了？」

趙凱說：「你也別這麼想，我是想告訴你，商場並不是你想像的那麼容易生存，其實我倒是覺得你還是比較適合留在駐京辦。」

「可是我已經跟金達提出辭職的意思了，總不能主動去找他收回吧？」傅華說。

趙凱笑說：「你就是愛面子，其實主動收回又何妨呢？」

「還是不要了。」傅華想了想說。

趙凱說：「你不收回也可以，我想金達是不會批准你的辭職的。」

傅華點頭說：「他是不想批准，他說讓我先冷靜冷靜再說。」

趙凱笑笑說：「這是當然的，保稅區報批也不是你一個人的事情，失敗了就要你負責，那作為你的上級的市長要不要也負責啊？你引咎辭職，那他要做什麼才能跟你為此付出的責任相當呢？」

傅華說：「這個我倒沒想過。」

趙凱說：「你沒想過，但是他會想過的。所以只要你不是很堅持，他絕不會再提你辭職這件事情的。」

傅華說：「那我就這樣留下來啊？」

趙凱說：「你要是實在要離開駐京辦，要不就到通匯集團來吧。」

傅華搖搖頭，他要是去了通匯集團，趙婷會怎麼想啊？一定會認為他還想借機跟她糾纏不清，這會讓趙婷反感的，便說：「通匯集團我是不會去的。我還是看情況再決定下一步要幹什麼吧。」

趙凱知道傅華想要離開駐京辦的心開始動搖了，便說：「隨便你了，反正我這裏的大門始終是向你敞開的。」

趙凱留下了那份視頻就回去了，傅華把光碟打開來一看，果然是當初吳雯偷錄的那份視頻。

當看到吳雯在視頻出現，她在視頻裏還是那麼漂亮，傅華心中不由得十分感傷，眼前浮現出當初自己跟吳雯、孫瑩認識的場景，那時自己初到北京，什麼都還是剛剛開始，誰知道日後會發生那麼多事情？

物是人非，雖然傅華現在拿到了這份視頻，可是他還是不能憑藉這份視頻為吳雯報仇。徐正已經死了，他在視頻中所說的，已經很難證實，更何況劉康現在遠在國外，就算有證據證實一切，劉康不回來，你也是拿他沒招啊。

想想上蒼還真是會捉弄人，明明劉康就是凶手，可是偏偏就沒辦法抓他。這世上所謂的公平正義在哪裡？難道這樣讓壞人逍遙法外就是公平嗎？

還有，自己下一步該怎麼做呢？難道真的回學校去跟張凡老師做學問嗎？自己已經在這浮躁的塵世打拼了十年多，真能靜下心來，回到象牙塔裡老老實實的做學問嗎？想想自己都會皺眉頭，學校的時光雖然很美好，可是傅華明白，他是回不去了。

那怎麼辦？繼續留在駐京辦嗎？金達會怎麼看待自己呢？顯然金達在黨校時期跟自己

建立起來的友誼已經不足以依靠了，身分的改變早就打破了兩人關係的平衡，自己如果選擇留下來，就需要更加謹慎忖度好跟金達相處的分寸。

那如果選擇離開，又要去向何方呢？

還有趙婷，現在趙婷連電話都不肯跟自己說，顯然是不準備原諒自己了。趙凱夫妻雖然會在一旁幫忙自己做疏通工作，可是隨著時間和空間的距離，這段感情只會變得越來越淡，自己只能看著趙婷離自己越來越遠。

傅華越想心中越慌，頭疼了起來，這些問題他都想不出一個很好的解決辦法來，他發現自己現在真是進退失據，舉足無措。

傅華頹然地倒在床上，閉上了眼睛，努力想要昏睡過去。問題既然無法解決，能逃避一下也好，可是越是這樣，越是無法睡著，腦子裏翻來覆去的都是這些他無法面對的問題。

海川陸續有人打電話過來，向傅華道恭喜，說他可能要高升為市政府的副秘書長了，傅華有些不太相信這個消息，他覺得這些人一定是搞錯了，自己明明向金達提出了辭職，沒有理由還會再升職的。

直到接到金達打來的電話，金達在電話中跟他講了這個消息，還告訴傅華，說是他向上面建議讓他擔任副秘書長的，傅華這才相信這個消息是真的。

傅華心中不免有些感動，可是他已經向金達提出過辭職，不好馬上就轉變態度，便說：「金市長，我不是向您提出辭職了嗎？」

金達笑了笑說：「傅華，我從內心中希望你能留下來幫我。你應該瞭解我的想法，作為海川市的市長，我希望能在海川有所作為，而我要施展抱負的話，孤軍奮戰是不可能的，需要像你這樣的人才從旁協助我。你也是一個胸中有抱負的人，難道你就甘心離開駐京辦這個你付出了很多心血的陣地嗎？留下來吧，讓我們共同為了海川打拼。」

傅華猶豫地說：「我可能做不到金市長您期待的那樣，留下來怕也是會令您失望的。」

金達說：「傅華，你怎麼變得這麼頹廢了。你還記得我來北京讀中央黨校時，你跟我講過的曾國藩的事嗎？你不會只會拿曾國藩的堅韌來教訓別人吧？你把你當初跟我說的話自己好好想一想！」

傅華笑了起來，說：「我當初真是信口雌黃，竟然敢在您面前胡說八道。」

金達嚴肅地說：「傅華，你不要這麼說，那時候正是我不知道該怎麼辦的時候，是你的話激勵了我，讓我重新振作了起來。這一點我始終沒忘記。現在我雖然是市長，好像身分變了，但我覺得我們那個傾心交談的時期，即使不是我這一生最快樂的時期，起碼也是我到海川之後度過的最愉快的一段時光。傅華，你要知道，我們不僅僅是上下級的關係，還是最真摯的朋友。現在我不是用上級的身分命令你，而是用一個朋友的身分請求你，留下來幫我好不好？」

金達話都說到這份上了，傅華覺得自己再堅持要辭職就有些不近情理了，便說：「金市長，感謝您對我這麼信賴，我願意留下來，希望能夠跟您一起為建設海川盡一份自己的力量。」

金達高興地說：「是啊，就讓我們共同努力建設好海川吧。」

傅華既然選擇留任駐京辦主任，在醫院就有些住不下去了，趕忙收拾出了院，回駐京辦上班去了。

因為曾經在羅雨面前說過自己要辭職並推薦羅雨接替自己的話，傅華不得不專門找羅雨作了解釋，說明金達非要他留任的情況。幸好羅雨對這一切還算接受。

很快，海川市委常委會就通過了傅華副秘書長職務的任命，傅華正式升職。不過，這也只是一個級別上的晉升，他的職權範圍實際上還是管理駐京辦。

第三章

豪門夢斷

傳華沒想到談紅是因為自己離婚才來看他的，不由得說：

「想不到談經理還有這種包打聽的本事，什麼掃地出門、豪門夢斷，你標題下的很精彩啊，可以去做八卦報的頭牌記者了。你不會是專程來看我這個落魄的樣子吧？」

週末，省城齊州郊區，龍騰高爾夫俱樂部內。

穆廣穿著一身高爾夫球衣，和同樣是一身高爾夫打扮的錢總、關蓮在球場上打球。遠遠望去，穆廣就像是一個豪富鉅賈，根本不像是一個政府的高級官員。

關蓮站在高爾夫球旁邊準備擊球，她比量了幾下，揮出球桿，也許是過於緊張，她只是用力的空擊了一下，卻沒有打到球。

關蓮嬌嗔的跺了跺腳，說：「我不打了，都說我不會打了，丟死人啦。」

穆廣笑笑說：「你別急嘛，關小姐。來，我來教你。」

穆廣說著，就走到了關蓮的身後，兩隻手從後面圍住關蓮的胳膊，糾正了一下關蓮的姿勢，說：「要這樣，這樣就對了。」

關蓮趁機往穆廣懷裏偎了偎，更加貼近了穆廣的胸膛，穆廣心神微微一蕩，也趁機摟緊了關蓮，不過他沒忘自己是要教關蓮打高爾夫的，便握住了關蓮的胳膊，帶動關蓮猛地揮動球桿。

白色的高爾夫球騰空躍起，畫出了一道弧線，落到了幾十米外的球桿附近。由於分心，關蓮這一桿打得並不太理想。

錢總叫好道：「好球技，相信關小姐在穆副市長的調教下，肯定會很快成為高爾夫高手的。」

關蓮笑笑說：「是啊，有穆副市長這麼好的老師，自然能帶出好學生來的。」

穆廣說：「我們是出來玩的，別穆副市長穆副市長的叫，讓人聽到了不好。叫我穆先生就好了。」

錢總趕快叫了聲：「穆先生。」

穆廣笑了，說：「這就對了。」

接下來輪到穆廣擊球，他很老練的站在高爾夫球前，輕輕挪動腳步，然後猛地揮桿一擊，高爾夫球劃出一道漂亮的弧線，落到了離球洞不足一尺的地方。

關蓮扁了一下嘴，說：「你自己打得這麼好，教我的時候卻打得離球洞那麼遠，真是的。」

穆廣說：「你別這樣子，你才第一次打高爾夫，打成這個樣子已經很不錯了。你知道我是打過多少次才練出來的嗎？」

錢總在一旁說：「是啊，關小姐，你打得已經很不錯了。你不能跟穆先生比，他已經算是老手了。」

輪到錢總擊球，他也是老手，技術嫻熟，也姿態優雅地把球擊了出去。

穆廣看到錢總球的落點不如自己的好，笑說：「老錢啊，你的球技還需要練練啊。」

錢總說：「穆先生，你不要一次比我好就這麼驕傲，敢不敢跟我賭一把啊？」

穆廣笑著說：「算了吧，就你這球技還想跟我賭？我都覺得勝之不武。」

錢總故意激將說：「穆先生，你這可是有點瞧不起人啊，怕是你不敢跟我賭吧？」

穆廣說：「賭就賭，我怕你啊？」

三人就走到了下一個擊球處，穆廣再次手把手教關蓮擊球，然後才把自己的球一桿進洞，擊完球，穆廣看著錢總，說：「錢總，看你的了。」

錢總笑笑說：「看就看，你以為我不行啊。」說著，錢總也很有架勢的走到球前揮桿。不過架勢雖然很好，準頭卻偏了很多，短短的距離竟然擊了三次才進洞。

打完後，錢總乾笑了一下，說：「不行了，不行了，最近疏於練習，準頭真是不行了。」

關蓮在一旁取笑說：「錢總，你這是故意讓著穆先生吧？」

錢總說：「關小姐，你怎麼這麼說，我可是跟穆先生互賭輸贏呢？你以為我不想贏啊，才不是呢。」

穆廣笑笑說：「老錢啊，你這樣就不夠意思了，願賭服輸，不要自己輸了，就找這樣或那樣的理由。」

錢總手一攤說：「好好，穆先生打得就是好，我認輸，行了吧。不過以前我的技術不是這麼差的。哦，我知道了，我知道原因在哪裡了。」

穆廣哦了一聲，說：「在哪裡啊？說出來聽一聽。」

錢總說：「原因還是我疏於練習，去了海川之後，海川沒有高爾夫球場，我找不到練習的地方，球技就生疏了。」

穆廣笑說：「你真會找理由，這麼說我也沒機會練習啊，還不是比你好？」

錢總說：「你跟我不一樣，你可能天生運動細胞就好，而我呢，必須要練習才行。不過話說到這裏，穆先生，你覺不覺得海川沒有高爾夫球場，這是一個很大的缺項。很多像我一樣的大老闆，都很喜歡高爾夫球運動，有時候他們考察投資地點的時候，沒有高爾夫球場就會影響他們在這個地方的投資。」

穆廣看了看錢總，說：「老錢，你這是什麼意思啊？」

錢總說：「我在想，能不能在海川建一個高爾夫球場？」

穆廣遲疑了一下，說：「這個嘛，好像不行吧，國家有政策規定，嚴禁興建高爾夫球場。」

錢總聽了，笑說：「政策？我記得似乎有一句話叫上有政策，下有對策，是吧？」

穆廣說：「可是，這頂風而上總不太好。」

錢總說：「我怎麼感覺穆先生你的膽子變得小了起來，你在縣裏的時候不是這個樣子的啊？」

穆廣說：「我的膽子倒是沒變小，只是這裏有政策紅線。」

錢總遊說說：「中國的國情你還不明白嗎？政策禁止了很多東西，可是很多東西不還是大行其道嗎？你就說這個高爾夫球場吧，這些年全國各地不是建了很多嗎？就拿我們現在打球的這個俱樂部來說，他們能建，為什麼海川就不能建？關鍵是你沒找對方法。」

穆廣說：「老錢，這個我也知道，但是他們那是採用曲線救國的方式，他們報批的都不是高爾夫球場，而是什麼體育公園、休閒俱樂部什麼的。」

錢總說：「看來穆先生也知道這其中的奧秘啊，那我們為什麼不也建體育公園或者休閒俱樂部之類的呢？」

穆廣看看錢總，說：「老錢啊，你真的看好高爾夫球場？」

錢總說：「我不是看好高爾夫球場，而是看好建好高爾夫球場之後能夠帶來的後續開發效應。」

「怎麼說？」穆廣問。

錢總說：「建好高爾夫球場之後，我想借此搞一些飯店別墅之類的開發。高爾夫球場通常都建在風景優美之地，在這裏開發別墅區肯定銷路很好。」

別墅也是國家三令五申不能批建的項目，錢總這是想把別墅套在這個所謂的休閒俱樂部的項目中，想要蒙混過關。

穆廣聽了說：「你這算盤打得可真精啊。」

錢總說：「可是打不打得響，還要看穆先生你是否大力支持啊。」

穆廣說：「我當然是支持老錢你的，畢竟我們這麼多年的交情了。而且這盤棋如果走得好，可是一盤各方都能得利的好棋啊。」

錢總笑笑說：「穆先生想怎麼走這盤棋？」

穆廣說：「如果把這個打造成一個投資項目，比如說建旅遊度假區，肯定會大受歡迎的。現在各地為了吸引投資出了很多的政策，你到海川下面區一級的政府去，他們肯定很高興接受你的，我再從旁幫你打打招呼，這件事情肯定就辦成了。」

錢總立即巴結地說：「還是穆先生對政策吃得透。」

晚上，穆廣和關蓮趕回海川。

在關蓮家，穆廣將一張現金支票遞給了關蓮，說：「你把這張支票上的錢存進你公司的戶頭。」

關蓮接過支票，說：「從哪裡來的？」

穆廣說：「是今天錢總打球輸給我的，他開了這張支票給我。」

關蓮看了看上面的數目，驚訝的說：「這麼多啊？」

穆廣笑說：「比起他能從我這裏獲得的，這點錢就不算什麼啦。你沒聽他說他想在海川建高爾夫球場嗎？現在一般人建高爾夫球場，立項都立不上，他如果能建起來，豈不是很賺錢？」

關蓮不放心地說：「哥哥，這裏面真的沒問題嗎？我聽你說國家不是禁止這種項目上馬嗎？萬一被抓到了，你是不是要承擔責任啊？」

穆廣笑了，說：「還是我的小寶貝關心我，放心吧，我不是給他出了招，讓他找下面區一級的政府嗎，就是出了事，上面也找不到我頭上的。」

關蓮拍了拍手，說：「哥哥，你真是聰明，這麼好的招數都能想得出來。」

穆廣笑說：「這不是我聰明，是有很多地方就是這樣做的，我不過是有樣學樣罷了。」

關蓮說：「既然是這樣，國家的禁令豈不是成了一紙空文了？大家都在陽奉陰違，再發佈這樣的禁令有什麼用啊？」

穆廣說：「寶貝，你不明白這其中的奧妙。國家也知道無法徹底根絕，可是卻不能不發佈禁令，沒有這道禁令的話，高爾夫球場肯定是全國各地遍地開花，那時候就會亂套了。另一方面，這道禁令也為下面的官員們製造了一個很大的利益空間，權力的效應有時候就體現在這裏，只有少數的官員敢於越過這道禁令，相對的，也就只有少數的官員能夠從中獲取巨額的利益。就像今天錢總跟我打球一樣，他在高爾夫運動中浸淫多年，隨便打都會贏我的，可是他就是要故意輸給我，好借機奉上這張支票，換取我對他建高爾夫球場的支持。」

關蓮恍然大悟說：「我就覺得他不應該打得這麼爛，原來這傢伙心裏早有算計啊。」

穆廣說：「我們應該高興他心裏早有算計，日後他可能會有許多事情找你跟我交涉，你公司的生意就要興隆起來了。」

關蓮高興地說：「這都是哥哥你幫我的，謝謝你了。」

穆廣笑說：「寶貝，我幫你也是幫我自己，只有賺到了足夠多的錢，我們的下半輩子才能衣食無憂。」

北京。

傅華拿到了趙凱派人送來的兒子傅昭的生活視頻錄影，傅昭黑如點漆的眼睛在視頻裏四處看著，不時發出依依呀呀沒有意義的聲音，充滿了一個嬰兒新到這個世界上對所有事物的好奇。

傅華看著看著，心中一陣酸楚，心想當初自己真是不知道發什麼昏了，竟然會同意讓趙婷到澳洲去生產，現在兒子遠在地球的另一邊，自己就是想要跟他說句話都很困難。

不知道是不是刻意，視頻中沒有出現趙婷的身影，傅華心中暗自埋怨趙婷真夠絕情。這個女人，愛恨竟這麼分明！當初愛上自己的時候，她可以不惜一切跟自己在一起；現在痛恨自己了，竟連一面都不肯讓自己見到。

傅華再次感到趙婷在遠離自己，他現在忙於駐京辦的工作，也沒太多的時間和精力去思念趙婷，只能心中暗自嘆了口氣。

發了一陣子呆之後，傅華從視頻中截取了傅昭的一幀照片，存在手機裏。這是他的骨血，是這世界上唯一跟他有血緣關係的人，也是他未來奮鬥的動力。

傅華正在辦公室辦公，曉菲敲門走了進來。

傅華說：「哪股風把你給吹來了？」

曉菲坐到了傅華對面，笑笑說：「你都不去我那裡了，我來看你總行吧？」

傅華苦笑了一下，說：「對不起啊，我最近一直心情不好。」

曉菲看了看傅華，說：「傅華，你瘦了很多啊，我跟你說，你跟你老婆的事情，你沒做錯什麼，沒必要這麼自責的。」

傅華趕忙說：「沒有呀，只是因為最近煩心的事情太多了，所以才心情不好的。」

曉菲說：「別裝了，你以為我不瞭解你嗎？你肯定是把離婚的責任都歸咎在自己身上，甚至可能還覺得是你出軌了，老天才這麼懲罰你的，因此才跟我避不見面。」

傅華立刻說：「哪有？我沒有這樣子想過。」

曉菲搖搖頭說：「你肯定是這樣想的，要不然也不會出院了也不告訴我一聲，也不到我那裏去了。傅華，我有時候真的覺得你這個人太認死理了，你就沒想想，你老婆為什麼非要跟你離婚啊？」

傅華說：「這還用想嗎？是我太過忙於工作，忽略了她才導致這個結果的。」

曉菲駁斥說：「你這個想法太幼稚了，你根本就不瞭解一個女人的心。女人如果真正愛一個男人的話，這個男人做什麼都是對的，更別說你是為了工作才離開她的身邊，她如果真的愛你，這時候應該堅定地站在你的身後支持你才對，又怎麼會非要跟你離婚呢？反過來講，女人如果不愛這個男人了，這個男人做什麼都是錯的，即使這個男人做的事情無論從哪個角度來看都是對的。」

傅華困惑的看著曉菲：「我不太明白你說的究竟是什麼意思？」

曉菲說：「你這還不明白嗎？你老婆要跟你離婚，並不是你的原因，而是她愛上了別人。」

「不可能！」傅華馬上叫了起來，他最擔心的就是這一點，因此曉菲一說出這個原因，他想都沒想就加以否定了，潛意識中他覺得，自己否定了這個原因，這個原因就不會存在了。

曉菲看了看傅華，說：「你這麼急著否定我幹什麼，難道說你心中也有這樣的懷疑？」

曉菲的話擊中了要害，傅華的眼神立時躲閃開。

這個懷疑他不是沒有想過，以前的趙婷總是以他為生活重心，任何事都先從他的角度出發，這次趙婷卻一反常態，尤其最可疑的就是那個常出現在趙婷嘴裏的那個白人男子John，傅華可以真切的感受到這個John對趙婷十分體貼，處處為趙婷著想。

傅華不敢想像當一個感到孤寂的女人身邊出現這樣一個體貼的男人，結果會是一種什麼情形。

傅華不願意去面對這種結果，便說：「沒有，我從來就沒這麼想過。好了，我們不談這個了，曉菲，你還沒看過我兒子傅昭的照片吧？」

傅華拿出了手機，將兒子的照片找出來給曉菲看。

曉菲看了說：「你兒子挺可愛啊。」

傅華洋溢著父愛說：「對啊，你沒看他的鼻子活脫像極了趙婷，眼睛就像我，是我和我老婆完美的結晶。」

曉菲的面色沉了下來，她忽然感覺自己像是在爭取一個永遠不會把她列為第一位的男人。本來她以為趙婷跟傅華離婚了，她跟傅華在一起的障礙就掃除了。誰知道這種想法實在是太天真了，傅華跟趙婷之間還有更強的一條紐帶存在著，就是這個嬰兒，他的存在，意味著傅華永遠不可能擺脫跟趙婷之間的聯繫。

還從來沒有一個男人像傅華這個樣子漠視過自己，曉菲覺得自己的忍耐已經達到了極限，她從心裏感到疲憊，不能再這樣下去了，她無法再去等待一份可能永遠不能完整得到的愛情。

曉菲站了起來，說：「你自己慢慢看吧，我還有事，先走了。」

傅華沒有察覺到曉菲心態上的變化，直覺地說：「我送你。」

曉菲說：「送什麼啊，跟我還這麼客氣。」

傅華笑說：「你是客人嘛，應該送一送的。」說著，將曉菲送到了辦公室門外的電梯口。

電梯門打開，曉菲進了電梯，說：「再見了，傅華。」

傅華點點頭，說了聲：「再見。」便轉身往回走。

曉菲看傅華竟然沒有等電梯門關上就離開了，暗自嘆了口氣，在這個男人的心目中，最重要的還是他的老婆和兒子，他對自己根本不在意。

自己的夢該醒了，曉菲低聲說了句：「再見吧，傅華。」

曉菲不禁感慨，人有時候就是這麼奇怪，往往會因為一個莫名其妙的小細節愛上一個人，也往往會因為另外一個莫名其妙的細節結束一段刻骨銘心的感情。人啊，還真是沒有邏輯可言啊。

電梯門關上了，曉菲很平靜的看著電梯顯示的下降樓層數，平靜的就像她跟傅華之間從來沒發生過什麼事一樣。

電梯門打開，一樓到了，一位漂亮年輕的小姐站在電梯門前，禮貌的讓曉菲先走出電梯，然後進了電梯，按了駐京辦所在的樓號。

傅華再次聽到了敲門聲，喊了聲進來，便看到談紅站在門口，傅華心說今天還真是熱鬧，兩個美女先後造訪。

傅華迎了過去，他跟談紅多少有些芥蒂，所以不得不表現得更熱情一些，說：「談經理大駕光臨，有什麼指示嗎？」

談紅說：「我可不敢指示你傅主任，正好路過你們駐京辦，就上來坐一坐了。」

傅華笑說：「談經理還記得我這個朋友，真是不勝榮幸啊。」

談紅不滿地說：「傅華，你能不能把虛言假套的這些收起來啊？」

傅華有點驚訝，他認識談紅時間也不算短了，可還是第一次聽談紅直接叫他的名字，這個女人是怎麼啦，自己又有什麼地方得罪她了嗎？

傅華小心翼翼的陪笑著說：「談經理，我又有什麼地方做的不對了嗎？」

談紅說：「傅華，你為什麼老是稱呼我為談經理，我這個經理的職務就這麼重要嗎？還是你希望我對等的稱呼你為傅主任？」

傅華納悶說：「這不是表示一種尊重嗎？」

談紅說：「我有時候就不習慣國內的這一點，國外這一點就很好，直接叫名字，什麼John、Mike的，多親切啊。我們非要稱呼什麼經理、主任的，生怕別人不知道你是做什麼官的，多滑稽啊。」

聽談紅提到John，傅華臉上的笑容消失了，雖然他知道談紅並不曉得遠在澳洲他的妻子的身邊，不，應該是他的前妻身邊，正有一個叫做John的洋人糾纏不休。

談紅沒有注意到傅華臉色的變化，還在接著說道：「我覺得我們已經夠熟了，是不是也可以互相稱呼一下對方的名字？我記得第一次見面我就跟你介紹過了，我叫談紅，你可以直接稱呼我為談紅，也可以叫我小談。」

傅華彆扭的笑了笑，說：「我沒有喝過洋墨水，不知道這些洋規矩，我只知道按照我們中國人的習慣，稱呼對方的職務是一種尊重。」

傅華語調雖然平和，話中的語氣卻有著幾分敵意。

談紅的本意是想向傅華示好，想借改變稱呼縮短兩人之間的距離，沒想到卻碰了這麼個不軟不硬的釘子，忍不住自嘲說：「看來是我的熱臉貼上了你的冷屁股了。」

傅華說：「不好意思啊，談經理，可能我今天心情不太好，有些冒犯你了。你還沒說你來找我有什麼事情呢？」

傅華不相信談紅只是單純路過駐京辦就來看自己，他覺得他跟談紅之間好像還沒熟到這種程度，可以不事先通知就闖上門來；另一方面，他跟談紅打交道已經有些時日，談紅還從來沒有到駐京辦找過他，大多時候都是讓他去頂峰證券，因此傅華猜測談紅肯定是有什麼事情才過來的。

談紅笑說：「我知道你現在的心情不好，所以才過來看看你啊。」

傅華驚詫的說：「你怎麼知道我現在心情不好呢？」

談紅說：「你還不知道嗎？你跟趙婷離婚的事情，在北京的上流圈已經傳得沸沸揚揚啦，通匯集團的駙馬爺被掃地出門，豪門夢斷，這可是很令人矚目的。」

傅華沒想到談紅是因為自己離婚才過來看他的，不由得挖苦說：「想不到談經理竟然還有這種包打聽的本事，什麼掃地出門、豪門夢斷，你標題下的很精彩啊，可以去做八卦報的頭牌記者了。你不會是專程來看我這個落魄的樣子吧？」

談紅說：「我在你心目中就這麼不堪嗎？我是今天聽別人在閒談中說到這件事，說你因此氣病了，住了很長一段時間的醫院，就想過來看看你現在好不好？」

傅華知道談紅是關心自己，可這時候他寧願自己躲起來在背後哭泣，也不願意接受一個女人的憐憫，便說：「那多謝談經理的關心了。你也看到了，我現在挺好的。」

談紅卻凝視著傅華的眼睛，說：「傅華，你真的很好嗎？有時候話不要老悶在心裏，我認為我們還算是談得來的朋友，有些話你可以跟我說，我相信說出來你也會輕鬆一些的。」

傅華苦笑的搖了搖頭，說：「談經理，我很感激你這麼關心我，但我是一個男人，還沒有那麼脆弱，我還撐得住。」

談紅笑說：「在我面前上演男人有淚不輕彈的戲碼是吧？」

傅華說：「談經理，你真的想看我痛哭流涕嗎？」

談紅伸手去拍了傅華的胳膊一下，說：「好啦，我走就是了。不過你要記住，我是你的朋友，如果想找人傾訴，可別忘了我啊。」

傅華點了點頭，說：「我知道了。」

海川，海平區區長辦公室。錢總帶著女助理走了進來，海平區區長陳鵬面帶微笑，跟錢總和他的女助理握手。

海平區是海川市一個郊區，原本是海川市的一個縣，曲煒主政時期，提出了大城區的概念，要把原本海川市城區做大，海平縣就變成了海平區了。

陳鵬笑著說：「歡迎您啊，我們海平區山水資源豐富，正是適合你們來投資建設、旅遊休閒度假區的地方。」

錢總說：「是呀，陳區長，你們海平區真是一個很不錯的地方，一開始穆副市長向我推薦你們這裏，我還不相信會有像他說的那麼好的地方，沒想到過來走走看看，真有種驚豔的感覺，你們這裏比穆副市長形容的更好，我一看就心動了。」

陳鵬聽了說：「穆副市長也親自打電話跟我說了錢總要來投資的事情，這是穆副市長對我們海平經濟的大力支持，我們海平的幹部絕對不會讓穆副市長失望的，就請錢總放心，我們會為您做好一切投資服務的。」

錢總笑笑說：「穆副市長這個人啊，真是一個實幹家，原本他做縣委書記的時候，我們就很熟，他那時就為我們的投資提供了很大的幫助。」

陳鵬看了錢總一眼，他從錢總的話裏聽出了錢總跟穆廣交情深厚的意味，這一次錢總要來投資，穆廣還特別打電話來，再三交代要自己好好關照錢總，看來這個錢總果然是有些來頭的。

陳鵬殷勤地說：「錢總，海平你也看了，不知道看好了哪個地方了？」

錢總笑笑說：「我是看好了一個很好的地塊，只是不知道你們海平準備拿這塊地規劃做什麼。」

「不知道錢總看好哪塊地方了？」陳鵬問道。

錢總回說：「我看到海平海邊有一個叫做白灘的村子，那裏的地理環境很好，很適合建設我的旅遊度假休閒區。」

陳鵬聽了，立即稱讚說：「錢總你真是有眼光，慧眼獨具，那個白灘村依山傍海，風景十分秀麗，是一塊風水寶地，只因為地處偏僻，沒有幾個客商願意過來發展它，所以才擱置至今。」

錢總說：「我建的旅遊度假區正需要一個僻靜的地方，這裏十分適合我投資的方向。陳區長說這個地方現在擱置，是不是說這裏還沒有什麼發展規劃？」

陳鵬點了點頭，說：「是，錢總你來的時機恰好，我們兩家可以好好研究一下，如何來開發這塊風水寶地。」

第二屆海平區投資洽談及簽約會在海平區賓館舉行，共有來自廣州、深圳、香港、台灣及日本的客商一百多人與會。海川市常務副市長穆廣、海平區區長陳鵬等領導都出席了這個齊聚中外客商洽談、簽約的招商盛會。

雲龍公司投資五億在海平區向東鎮白灘村打造濱海旅遊度假區的項目，是本次招商會的重頭戲，作為公司的老總，錢總自然也是到會的貴賓，跟穆廣錢鵬一樣，胸前戴著紅花，坐在了主席臺上。

招商簽約會，簽約自然是主題。經過前期對接和精心準備，已經確定當場簽約的項目有十五個，場外促成簽約的項目有廿三個，合計簽約金額達三十六億元。

穆廣首先向大會祝賀會議的成功舉行，祝賀投資客商在海平找到了最佳的投資地點，並預祝來海平的客商們能夠在海平獲得他們期望的財富。

隨即陳鵬在簽約會上作了誠邀客商來海平共創美好明天的致辭，向到會的客商們發出了一道精彩紛呈的財富動員令。除常規的地區行情介紹之外，陳鵬還替客商算了一筆精打細算的營商成本帳：工業用電價格平均為零點五元一度、工業用水價格（含汙水處理、水資源費等）合計為二點二元一噸……

算完這筆帳之後，陳鵬又向客商們做出承諾，他說他代表海平區政府，願意為一切投資者提供雙贏平臺；院牆內的事，業主負責，院牆外的事，責任單位負責；重大工業項目實行代理審批制度，在立項、安評、環評、徵地、報建、融資等環節享受高效、便捷服務；對重點企業實行嚴格保護，所有檢查須經市紀委、監察局批准方可進行……

這種承諾可說是給來海平投資的客商提供了無微不至的保護，陳鵬這樣許諾，就是想讓每一個來投資的客商安心。

最後陳鵬感性的說道：「優秀的企業家是一種稀缺的社會資源，是一個地方發展的基石。海平期待與您共同開啟合作共贏的無限未來！」

掌聲熱烈的響起，坐在穆廣身邊的錢總在穆廣耳邊讚許地說：「這個小陳區長還真是能幹，很有你做事的風格啊。」

穆廣笑了笑說：「他是正處於上升期的幹部，不好好幹出一番政績，又怎麼能得到提升呢？」

錢總說：「那是，那是。」

穆廣說：「你的情況我都交代給小陳了，我想他會做好你們這個項目的服務的，他也希望你這個項目為他帶來一個好的政績，你們是彼此都需要對方，肯定會兩好合一好的。」

陳鵬講完話之後，錢總作為來海平投資的客商代表，也在會議上作了講話。錢總首先就東海雲龍公司選擇海平區作為建設旅遊休閒度假區的情況作了說明，他說自己選擇海平區的三個原因：一是看中了當地得天獨厚的地理環境，這裏有山有水，風景秀麗，正是打造一個綠色環保休閒旅遊的最佳地點；二是海平這裏基礎設施好，交通便捷；三是配套設施條件好，政府服務效率高。

錢總講完這些，又轉頭看了看穆廣和陳鵬，笑著說：

「在這裏，我要特別向海川市常務副市長穆廣先生、海平區區長陳鵬先生，以及為我們雲龍公司這一次旅遊度假區項目提供了優良服務的海川市、海平區的官員們致以最真摯的謝意，你們讓我看到了一個運作良好，工作效率很高的政府團隊，也讓我更加堅定了雲龍公司在海平這一塊熱土投資下去的信心。」

錢總講完後，正式的簽約儀式就開始了，雙方各自在合同文本上簽字蓋章，然後交換了合同文本，這場盛會便畫上了一個看上去很完美的句號。

簽約會之後，海平區政府設宴招待穆廣和一眾來海平投資的客商，錢總作為來海平投資的最大客商，也和穆廣坐在主桌上。

穆廣讚許的對陳鵬說：「小陳啊，你今天講的話真是太好了，錢總聽完就對我表示了他對你的讚許，說我給他推薦海平這個項目真是推薦對了，這裏既有這麼優美的環境，又有這麼有力的幹部隊伍，他相信他的投資一定能收到很好的回報的。」

陳鵬笑了笑說：「那我可要好好敬穆副市長和錢總幾杯酒了，以感謝兩位對我陳鵬的信賴。」

錢總笑說：「陳區長不要這麼客氣，我們以後合作的時間還長著呢。老實說，我錢某人也算見過些世面，也見過形形色色、大大小小的官員，像穆副市長您這樣精幹高效的官員還真是不多。」

陳鵬客氣地說：「錢總您別這麼說，我怎麼能跟穆副市長比呢。」

錢總說：「怎麼不能比？我剛才在會議上還跟穆副市長說，您做事很有穆副市長的風格。」

穆廣在一旁也說：「錢總真的這麼說過，不過，我可不能算做什麼榜樣啊，我相信小陳你的未來肯定會比我強上百倍的。」

陳鵬靦腆地說：「穆副市長您千萬別這麼說，您這麼說，我都覺得不好意思再在你面前坐著了。我們都知道您做縣委書記的時候，把縣政管理得特別好，我離您可就差得太遠了，如果我能趕得上您的十分之一，我就很滿足了……」

宴會就在這種互相吹捧的氣氛下和諧地進行著，賓主心裏都很高興。

宴會結束後，穆廣要先行離開趕回海川去，錢總和陳鵬等人送他離開。

第四章

瞞天過海

傅華聽了說：「這明顯是違法的，他們這樣是想瞞天過海，這個項目肯定是沒有經過合法手續。」
張允明白了其中的貓膩，說：「我說呢，為什麼陳鵬在我面前遮遮掩掩，就是不肯承認要建高爾夫球場。」

上了車後，穆廣又將車窗降了下來，招手讓陳鵬過去，陳鵬走過去問道：「穆副市長，您還有什麼指示嗎？」

穆廣說：「小陳啊，錢總是一個很優秀的企業家，他能到你的地方上來投資是很不容易的，我希望你真的能像在會議上承諾的那樣，做好對企業的服務。」

陳鵬點了點頭，說：「穆副市長，您放心好了，我說到做到。」

穆廣再次強調說：「希望你不要讓我和錢總失望。」

陳鵬說：「一定不會。」

送走穆廣，陳鵬就和錢總等人分了手，回了區政府。

剛到辦公室坐下，政府辦公室主任汪軍就匆忙趕了過來。

陳鵬看到汪軍有些慌張的神色，問道：「怎麼了，這麼慌張幹什麼？」

汪軍說：「陳區長，事情有點不好，白灘村的村長張允帶著十幾個村民代表來找您反映情況來了。信訪辦做了他們的工作，想把他們要反映的情況記錄下來，讓他們回去，可是他們不肯，堅持非要見到你本人才行。」

聽到白灘這個名字，陳鵬心裏咯登了一下。他今年雖然還不到四十歲，可也是在政壇上浸淫了十幾年的老官員了，他是從基層一步一個腳印幹起來的，深知在官場上最怕的就是這種熱門地點發生什麼突發事件。

白灘現在是海平區要開發的熱門點，剛剛離開的穆廣副市長還特別叮囑自己要保護好來投資的雲龍公司，馬上這個白灘村就鬧上門來了。

陳鵬不敢心存僥倖，他敏感的意識到，這件事跟雲龍公司的投資有關，真是越怕什麼就越來什麼。可是這個問題又無法回避，陳鵬心裏明白，現在這些不能躲，如果一開始就處理，問題還可能消弭在萌芽狀態中；如果回避不去處理，星星之火可以燎原，時間久了就可能蔓延開來。

陳鵬瞪了汪軍一眼，說：「慌什麼，他們要反映問題就讓他們反映嘛，天還塌不下來。究竟是怎麼回事啊？他們要反映什麼情況？」

汪軍說：「他們要反映的有兩方面，一是說鎮上矇騙了他們，用欺騙的手法給他們很低的地價就將他們的土地買走了，一轉手，卻用十幾萬一畝的價格將土地賣給開發商，這裏面的價差實在太懸殊；二是，他們聽開發商下面的工作人員說，開發商徵收白灘這塊土地，其實是要建什麼高爾夫球場，村民們聽說建高爾夫球場對周圍的環境汙染很大，因此反對開發商在這兒建高爾夫球場。」

聽到高爾夫球場、環境汙染這幾個詞，陳鵬的心也慌了一下。錢總雖然沒有明說要用這個白灘村建什麼高爾夫球場，可是他已經從錢總所需土地的規模架構中看出來，錢總這是在假借休閒旅遊度假區的名義，回避國家禁止建設高爾夫球場的規定。

陳鵬雖然心中猜到了，可是他並沒有去戳穿錢總的謊言，一來這個投資項目，常委副市長穆廣一再打招呼在先，他從穆廣的這個態度就可以得知錢總跟穆廣關係匪淺，如果戳穿了錢總的謊言，那就等於是掃了穆廣的面子，陳鵬可不想這麼做。

另一方面，不管錢總究竟是在海平區做什麼，他投下的錢以及將來所能帶給海平區的就業國民生產產值，都將為海平區的GDP貢獻很大的一個力量。五億啊，這在海平區這個各方面數字都落後海川核心城區的一個郊區來說，誘惑力實在太大了。

現在是數字出官的年代，自己這個小小的郊區區長有沒有再上升的空間，就要看自己能不能給上級主管看到一個漂亮的數字。

陳鵬知道，穆廣能夠從一個縣委書記升遷成為海川市常務副市長，就是他向上級部門交出了一份亮麗的政績數字成績單。錢總說自己像穆廣的做事風格，可是光像是沒有用的，自己需要紮實的做出一番成績來，才會獲得跟穆廣一樣的機會。

有鑒於此，陳鵬就選擇了裝糊塗。這時候陳鵬有些明白為什麼前段時間官場上會流行鄭板橋的那幅「難得糊塗」的字了。這糊塗二字當中確實有官場三昧，心知肚明卻裝糊塗，既避免了衝突，將來就算出了事，也可以以被蒙騙為理由推卸責任。

沒想到自己這個難得糊塗的招術竟然被錢總手下的工作人員破了局，這個錢總也真是的，既然已經費心費力的為高爾夫球場設計了一套什麼旅遊度假區的偽裝，為什麼不偽裝到底呢？怎麼會這麼輕易就讓手下人對外說出要建高爾夫球場的事實呢？

同時陳鵬聽到環境汙染這個名詞的時候，馬上就知道這件事情是無法輕易敷衍過去的。白灘村的村民大多都是海邊的漁民和農民，打打魚種種田，這樣的人，你問他什麼時候能打到什麼魚，什麼季節種什麼作物，他們可以如數家珍，可你要問他高爾夫球場為什麼會污染，你就是讓他想破腦袋，他也難以說出個一二三來。現在這白灘村的村民們不但能在高爾夫球場污染環境上說出一番道理，還要拿著這個作為理由向市長反映，陳鵬就明白他們一定是受了高人的指點，只有受人指點過，這些農民和漁民們才會有這個想法。

陳鵬神情凝重了起來，他對汪軍說：「你讓他們過來吧，我聽聽情況再說。」

汪軍就出去了，過了一會兒，領著十幾個看上去有些拘束的男子走了進來。

陳鵬笑著站了起來，衝著其中一個五十多歲、面貌黝黑的男子伸出了手，說道：「老張啊，這一向還好嗎？」

陳鵬跟張允早就認識，他是從基層幹起的，海平區基層很多的幹部都是他的朋友。

張允疾走幾步，上前握住了陳鵬的手，說：「陳區長，我們村被人騙了，你可要幫我們主持公道啊。」

陳鵬笑笑說：「老張啊，你別急，有什麼話，我們坐下來慢慢說好不好？」

陳鵬又跟其他幾個村民代表一一握手，把他們帶到了市政府的小會議室。

大家都坐定之後，陳鵬看著張允，說：「老張，你先說說是怎麼回事吧？」

張允代表大家說：「陳區長，是這個樣子的，我們今天才知道雲龍公司在白灘一畝地的徵地價格就有十多萬，可是我們這些村民每畝地只拿了不到一萬塊錢的補償費，這塊地是我們這些農民的命根子，你們就這麼廉價拿去，對我們可是很不公平的。」

陳鵬笑了笑說：「老張啊，這裏面具體的情形我不是很清楚，不過有一點我很清楚，就是你們村如果不同意這個價格，政府也不會按照這個價格給你們補償的。你們不要一聽說政府將地賣了一個高價，就覺得自己吃了虧，就說政府騙了你們。出讓土地的當時，大家是一個願買一個願賣的，現在雙方已經兩清，你們再這樣做，可就不對了。」

張允急說：「陳區長，您不能這樣說，我們當時完全是被欺騙，才簽了土地出讓協議的。當時向東鎮的人把我們村的兩委幹部叫到了鎮政府，非逼著我們在一份沒有文號的空白徵地文件上簽字，鎮裏的人是騙了我們的。」

陳鵬一副詫異的表情說：「還有這樣的事？」

張允說：「當然了，我們村的兩委幹部都可以出來作證。」

陳鵬說：「這件事情我還真不瞭解，這樣吧，老張，你們先回去，我瞭解一下情況再給你答覆好不好？」

張允看了看陳鵬，說：「陳區長，你可不要敷衍我們，你要知道，我們這些農民若不是被逼到了一個程度，是不願意來見官的，你最好現在就給我們一個答覆。」

陳鵬的臉板了起來，不高興的說：「你這個同志啊，怎麼這樣咄咄逼人呢？你不給我一個調查的時間，我又怎麼能給你一個負責任的答覆呢？我總不能只聽你們的一面之詞，而不聽鎮政府那邊的反映吧？」

張允說：「要不你立刻打電話給向東鎮，現在就瞭解情況，我們在這等著你的答覆。」

陳鵬越發不高興了，說：「你這個同志，你又不是不知道我們政府機構的辦事過程，我們是民主集中制，就算我瞭解了情況，有了自己的判斷，我也要跟區裏的其他同志研究後，才能確定如何去做。你這麼逼著我馬上給你答覆，是想逼我犯錯誤嗎？」

陳鵬說得倒不無道理，張允想了想之後，問道：「那陳區長，您多久能給我們一個答覆啊？」

陳鵬思索了一會兒，說：「一個禮拜時間怎麼樣？你知道，要落實必須要用時間，落實之後還需要開會研究，這也需要時間。」

張允看了看其他人，說：「你們看呢？」

人群中就有人說：「可以，一個禮拜的時間也不長。」

張允便轉頭看著陳鵬，說：「那好吧，我們就等區長一個禮拜的時間，希望到時候不要再敷衍我們啦。」

陳鵬說：「放心吧，我陳鵬說話算話。」

張允便站了起來，說：「既然這樣，我們就不耽擱區長的辦公時間了，我們回去了。」

陳鵬也站了起來，心中暗自鬆了口氣，張允並沒有提及最關鍵的高爾夫球場的問題，這才是問題的核心，如果項目本身違法，那後續的一切政府行為都是違法的，不但這次的徵地不成立，他們這些官員可能也會受處分的，他在這裏跟這些村民們討論就毫無意義了。

陳鵬立即說：「那行啊，老張，你們先回去吧，我查清楚情況後，會給你們一個交代的。」

村民們就跟著張允準備離開會議室，眼見就要走出門啦，這時，忽然一個村民說道：「村長啊，還有一件事情你忘了跟陳區長說了。」

張允一拍腦袋，說：「啊！你看我這記性，陳區長，還有一件事情，雲龍公司的人說，他們實際上是準備在我們村建高爾夫球場，這件事情是不是真的？」

陳鵬心裏暗罵那個村民多嘴，不過他心裏已經準備好說辭，便不慌不忙的說：「老張啊，你這不是瞎說嗎？雲龍公司跟我們區政府談的可是綠色環保休閒旅遊度假區，沒說要建什麼高爾夫球場。你們聽錯了吧？」

一個村民叫了起來：「我們沒有聽錯，是雲龍公司一個經理說的，當時我們好幾個村民都在場，難道我們都聽錯了？」

陳鵬笑了笑說：「那就可能是誤會了，就我瞭解，並沒有聽他們說要建高爾夫球場。」

陳鵬想要含糊過去，張允卻沒那麼好糊弄，他問道：「那陳區長你跟我們說說，這個綠色旅遊休閒度假區究竟是做什麼的？」

陳鵬說：「老張，你這是在懷疑我啊？」

張允說：「陳區長，我不是要懷疑你，關鍵是這個高爾夫球場據說對環境影響很大，他們怎麼說來著，會用大量的農藥、化肥，對我們那裏的水土會影響很大。」

張允並沒有說清楚高爾夫球場具體會怎麼污染環境，陳鵬卻明白他想說的是什麼，他看過有關這方面的資料，知道高爾夫球場對環境的影響。

高爾夫球場的建設是一個複雜的系統工程，一般要經過清除原有植被、地形改造、改良土壤、種植草皮等多個過程，而且高爾夫球場占地面積很大，開發建造過程很有可能破壞當地生態環境，因此，球場建造前必須做好充分的環境影響評估，也就是要在環保部門辦理項目環境影響評價文件審批；球場營運過程中的施肥和噴灑農藥也成了目前球場污染的根源，由於施肥和使用農藥是改善草坪品質和維護草坪持久性的決定性因素，化肥和農藥對環境的影響一直是公眾非常關心的問題。

陳鵬說：「老張啊，政府會對人民的生活負責的，這個你是多餘擔心了。」

陳鵬說得很好聽，但是從頭到尾沒有說一點實質的東西，村民中就有人說道：「陳區長，那你敢跟我們保證，雲龍公司在我們那建的絕對不是高爾夫球場嗎？」

陳鵬怎麼敢下這個保證，便笑了笑說：「我可以向你們保證一點，那就是雲龍公司向政府申報的是要建設旅遊度假休閒區，與高爾夫球場根本不相關。」

陳鵬這話就有點打官腔了，向政府申報的不是高爾夫項目，可實際建什麼他並沒有作出保證。

張允聽出了陳鵬的敷衍，他是老村長了，知道上面的這些領導們通常對問題都是能回避就回避，實在回避不了就打官腔，他不想讓陳鵬含混過去，便追問道：

「那陳區長，我是否能這樣理解，雲龍公司向政府申報的並不是高爾夫球場項目，如果他們建了高爾夫球場，那就是他們違規了，是不是？」

陳鵬心裏暗罵張允狡猾，張允問出這句話，一下子就把他逼到了牆角，讓他一點迴旋的餘地都沒有。

陳鵬看了看張允和這群村民，這些人的眼睛正緊緊盯著他的臉，如果不回答這個問題，這些人可能不會善罷甘休，便笑說：「那當然，他們不按照申報的項目建設，就是他們違規。」

陳鵬說這句話時，臉上還是帶著笑容的，不過細看上去，這笑容就有了些尷尬的成分，不像一開始那樣笑得自然啦。

張允卻沒有就此打住，繼續問道：「那到時候雲龍公司如果違規了，我們政府是不是會依法予以糾正呢？」

陳鵬臉上的笑容徹底消失了，他嘴角抽動了一下，說：「是，只要你們發現雲龍公司有違規，就可以向政府舉報，政府自然會依法查處的。」

張允看了看其他村民，說：「陳區長說的這句話大家都聽到了吧？到時候雲龍公司如果真的建了高爾夫球場，我們就來找陳區長舉報他們。」

陳鵬瞅了張允一眼，心裏暗罵張允實在太可惡，把他說的這句話堵死了，將來一旦雲龍公司出什麼問題，他這個區長就得為此付上相當的責任。

不過當下，他不能把自己說過的話收回去，便強笑了一下，說：「行啊，如果你們真的發現雲龍公司要建造高爾夫球場，可以過來找我。」

張允說：「既然區長答應了我們，我們就相信區長，您忙吧，我們回去了。」

陳鵬說：「行，你們先回去吧。」就和張允等人握了握手，將一眾人等送了出去。

張允等人離開之後，陳鵬立刻打電話給向東鎮鎮長蔣虎，讓蔣虎馬上來自己辦公室一趟。

蔣虎匆忙趕了過來，一進門就說：「陳區長，叫我來有什麼事情啊？」

陳鵬沉著臉說：「老蔣啊，雲龍公司徵地是怎麼回事啊？怎麼張允跑來說他們村的兩委幹部是被你們鎮政府逼著在拆遷合同上簽的字？」

蔣虎說：「胡說八道，我們什麼時候逼他們簽字了？他們完全是自願自覺在合同上簽字的。」

陳鵬看了看蔣虎，說：「那張允是誣賴你們了？他說兩委的幹部都可以作證。你跟我說實話，究竟是怎麼回事？」

蔣虎乾笑了一下，說：「區長，你也知道這些農民是一種什麼心理，他們聽說要徵地，馬上就想到了要如何去跟開發商多要一點錢，很不好搞的。雲龍公司要這塊地又要的很急，您又讓我們盡力配合雲龍公司，所以我們就用了一點手段。」

陳鵬狠狠地瞪了蔣虎一眼，說：「這就是你說的自願自覺啊？」

蔣虎辯說：「不過他們當時都同意啦，我猜是他們知道了雲龍公司買地的價格，心裏不平衡，這才找您來鬧的。這些人都是些農民，根本就不懂法律，合同白紙黑字都簽好了，走到哪裡去我們也是有理的。」

陳鵬看了看蔣虎，說：「你別自以為得計，你這是製造了一個很不穩定的因素出來，這些農民才不管什麼法不法的，他們如果覺得有什麼不公正，就可能走上訪這條路，到時候你來收拾局面啊？」

蔣虎說：「不會的，他們鬧不起來的。」

陳鵬氣說：「鬧不起來？你敢跟我保證嗎？」

蔣虎說：「這個嘛……」

蔣虎不敢做這種保證，因此吞吞吐吐了起來。

陳鵬冷冷的看了他一眼，說：「你不要跟我打馬虎眼，我不想聽你這種做不得準的保證。不過我告訴你，如果這件事情真的鬧了起來，我先把你免職了。」

蔣虎打包票說：「我一定不會讓他們鬧出事來的，放心吧，區長。」

陳鵬說：「我希望你能說到做到，否則的話，我不會對你客氣的。」

蔣虎說：「我明白。」

陳鵬說：「那你趕緊去給我把事情安撫住了，我不想再看到張允跑到區政府來找我。」

蔣虎立即說：「行行，我馬上就回去處理。」

張允從海平區政府回到了家裏，越想越覺得陳鵬今天的答覆是在敷衍自己和白灘村的村民，很可能雲龍公司真的要建什麼高爾夫球場，要指望陳鵬讓白灘村的村民滿意似乎不太可能，看來要做好第二手的準備工作了。

張允就想找人問一問國家關於高爾夫有關的政策，雖然他多少知道一點高爾夫球場污染環境的情況，那是聽一個村民在外面工作的兒子說的，可是他並不知道國家這方面的有關政策，同時他也很奇怪，為什麼雲龍公司要換個名頭，而不敢講明了是要建設高爾夫球場。陳鵬雖然一再否認，可是張允覺得陳鵬一定知道內情。

要找一個明白人問問才好，張允便想到了傅華。

他跟傅華早就認識，那還是曲煒在海川擔任副市長的時候，一次曲煒來白灘村蹲點調研，傅華作為曲煒的秘書也跟著過來，張允因此也認識了傅華。

他當時就覺得這個年輕人很有才能，能把一些農民聽不太懂的東西講得淺顯明白。兩人就在那時有了交情。之後張允常會送一點村裏的土產去給傅華，也會幫傅華四處打聽一些能治好傅華媽媽病的偏方，傅華十分感激張允。

隨著後來傅華去了北京，兩人之間的往來就算斷了，不過過年的時候，傅華偶而還是會打個電話來，問候一下張允。

傅華現在在北京，那是國家出政策的地方，他肯定知道有關高爾夫球場的政策，知道陳鵬和雲龍公司為什麼要回避這個問題。

傅華意外接到了張允的電話，說：「怎麼了張叔，找我幹什麼？想要到北京來玩嗎？你來吧，我招待你，不用花你一分錢。」

張允對傅華這麼熱絡感到很滿意，他沒看錯這個年輕人，果然很有義氣。

張允開玩笑說：「不花我的錢，那就是要花你的錢了，我怎麼好意思啊？」

傅華笑說：「這點錢我還出得起，你要來玩就過來吧。」

張允說：「謝謝你了，小傅。不過我現在沒這個心情。傅華，我想問你一下，你知不知道國家有關高爾夫球場的政策？」

傅華詫異地說：「你怎麼突然問到這個？」

張允說：「我們白灘村可能要蓋一個高爾夫球場。」

傅華聽了，馬上說：「不可能的，張叔，你不知道現在國家明令禁止建設高爾夫球場，我們海川自然也不例外的。」

張允說：「我不騙你，是一家叫雲龍的公司準備要在我們村建什麼旅遊休閒度假區，雲龍公司的一個經理跟我們村的人講，實際上他們是要建高爾夫球場。」

傅華聽了說：「這明顯是違法的，國家已經明令禁止，他們這樣是想瞞天過海，這個項目肯定是沒有經過合法手續。」

張允明白了其中的貓膩，說：「我說呢，為什麼陳鵬在我面前遮遮掩掩，就是不肯承認要建高爾夫球場。」

傅華問：「陳鵬也參與這件事情了嗎？」

張允回說：「是啊，人家今天才跟開發商風風光光開了招商簽約會。」

傅華說：「那張叔你準備做什麼？」

張允說：「我也沒想做什麼，我只是想為村民們多爭取一點利益。陳鵬說，一個禮拜後會跟我們解釋這件事情，我想看看到時他會怎麼解釋。」

傅華知道這涉及到了村民跟地方政府之間的事，他不好介入其中，便說：「好吧，你如果有什麼事情可以打電話給我。要到北京玩的話，你來就是了。」

張允說：「行，先這樣吧，等我想去玩的話，會給你打電話的。」

第二天，向東鎮政府打電話來，讓白灘村的書記和村長一起去鎮上開會。

書記張海是一個怕事沒用的人，接到通知就找到了張允，問道：「張允啊，你說這鎮上找我們去幹什麼？不是你昨天找區長找出什麼麻煩了吧。我早跟你說不要去，白紙黑字的合同在那兒，你找區長也是那個窮樣，改變不了什麼的。」

張允不高興的看了張海一樣，說：「張海哥，你慌什麼？鎮上逼我們兩委幹部在合同上簽字這是事實嘛。我去反映情況又不犯法，再說，這件事找你你也不肯去，你參與都沒參與，還怕他們撤了你？」

張海說：「你這個人啊，怎麼這麼倔呢，跟政府這條大腿比起來，我們不過就是一根小手指頭，人家說弄折了你就能弄折你，這些年我們跟政府之間，什麼時候占過上風來？」

張允說：「張海哥，你這是老腦筋了，現在從上到下都在說要依法治國，我就不信這些政府官員敢有法不依？」

張海搖搖頭說：「你這個人啊，吃一百次虧也不知道自己是怎麼吃虧的，法是誰制定的，還不是那些官員們？你以為法是你家的？」

張允說：「法不是我家的，可也不是他們鎮政府家的。法律面前人人平等，他們鎮政府是政府公務人員，更應該遵守。」

張海看勸不過，便說：「好啦，我說不過你，你就等著看吧，沒你的好果子吃的。」

張允和張海二人就到了鎮上，鎮長蔣虎早就等在辦公室了。

蔣虎看見二人，冷笑一聲，說：「你們白灘村真行啊，敢到陳鵬區長那裏告我是吧？」

張海低下了頭，他不敢看蔣虎的眼睛，說：「蔣鎮長，不關我的事啊，我可沒去區政府啊。」

蔣虎瞅了張海一眼，說：「張海，你現在撇得這麼清，是想脫離干係是吧？可他們當初要去區裏，你為什麼不跟我說一聲啊？你想兩頭做好人是吧？」

張允在一旁說：「蔣鎮長，你別怪張海書記，明人不做暗事，這件事情是我領頭的，你要找找我。我認為我有權向上級政府反映情況，再說，我向區長反映的也是事實啊，我可沒編造一句謊話。」

蔣虎說：「你們倆別一唱一和的，張海是村支書，他就要對此負領導責任，他怎麼也是無法逃脫關係的。至於你張允，我提醒你注意一下，你們的徵地合同可是你們村簽字蓋章了的，白紙黑字在那呢，誰也別想反悔。這才是事實，知道嗎？」

張允氣說：「胡說，那份徵地合同是你們鎮上逼著我們兩委幹部簽字蓋章的，我問過律師了，這種在脅迫下簽訂的合同是無效的。」

蔣虎冷笑了一聲，說：「你說我們脅迫，那你告訴我，我們鎮上的幹部是拿刀逼著你了，還是拿槍逼著你了呢？」

張允說：「那倒沒有，不過，當時我們不簽字你們就不讓我們走，這還不是逼著我們嗎？」

蔣虎辯說：「誰不讓你走了，我用鐵鏈拴著你的腿了？還是我讓警察看著你了？」

張允說：「蔣鎮長，你這麼說就有點耍無賴了。」

蔣虎氣得一拍桌子，叫了起來：「你敢罵我無賴？」

張允沒有絲毫畏懼，直視著蔣虎的眼睛，說：「你的行徑根本就是無賴。」

張海害怕了，連忙在一旁拉著張允，說：「張允，你別這樣，怎麼可以這樣跟鎮長說話呢？」

張允說：「鎮長不講理，我怎麼不可以這樣跟他說話？」

蔣虎氣得點了點頭，說：「好啊，張允，你要講理是吧？好，我就跟你講理。現在白紙黑字的徵地合同在這，這就好比你給別人打了欠條，你能空口白牙的說這欠條是被逼著打的，然後就可以不還錢了嗎？不可能吧。」

張允說：「空口白牙當然不行，可是我們有白灘村兩委幹部可以作證是你們逼著我們打的，這樣的合同自然是沒效的。」

蔣虎笑了起來，說：「有沒有效可不是你張允能說了算的，再說，你敢保證兩委幹部都會幫你作證？張海現在在這兒，你讓他說，鎮上究竟有沒有逼著你們蓋章？」

蔣虎吃準了張海沒膽量說真話，所以先把張海提到臺面上。

果然張海畏縮的看了看蔣虎，又看了看張允，這兩方面他都不敢得罪，於是結結巴巴的說：「這，這，這……」

張允急了，指著張海說：「張海哥，你可是我們白灘村的人，這時候你應該知道自己要怎麼說，你可不要把我們全村的人都給賣了。」

蔣虎瞪了張允一眼，說：「你幹什麼，威脅張海嗎？張海，你不用怕，我這個鎮長還在這兒，我代表一級政府支持你，你放心大膽的說，沒人敢把你怎麼樣的。」

張海看看這個，看看那個，他哪一邊都不敢得罪，最後只好說道：「嗨，你們逼我幹什麼，我什麼都不知道，我什麼都沒看到，你們就別來問我了。」

張允說：「蔣鎮長，你別逼張海哥了，你明知道他是老好人一個，誰也不敢得罪的。我們村的兩委幹部也不只張海哥一個人，張海哥不替我作證，還有其他人可以替我作證。」

蔣虎說：「你以為我這個鎮長成天沒事幹啊，我才沒有閒工夫跟你瞎折騰。你們村的書記當時就在現場，他都說沒有這回事了，我還需要再去找別人嗎？」

張允忍不住抱怨說：「張海哥，你看你都辦了些什麼事情啊！」

張海委屈的說：「蔣鎮長，我可沒這麼說啊。」

蔣虎狠狠地瞅了張海一眼，說：「那你是說我逼你了？」

張海嚇得趕緊低下了頭，說：「我也沒這麼說啊。」

張允氣得想上前立時踹張海一腳，他罵道：「張海，你還是個男人嗎？」

蔣虎眼睛瞪了起來，說：「張允，我提醒你啊，這裏是鎮政府，可不是你發威的地方。我知道你們村為什麼對徵地合同反悔，是不是覺得我們給你們的補償款太低了？」

張允說：「當然是，你們跟開發商定的地價跟給我們的價格相差的太懸殊，村裡的老百姓無法接受。」

蔣虎冷笑一聲說：「這就對了，根本上你們村就是覺得沒狠狠的咬上開發商一口，覺得吃了大虧，這才去區長那裏鬧的，對不對？」

張允理直氣壯地說：「我們是吃了虧嘛。」

蔣虎說：「那你就不要說什麼鎮上逼不逼你，如果今天開發商開的價格比徵地合同上的差不多，你們根本上就不會鬧這一場了。你們這根本是見錢眼紅。可是張允你要明白一點，合同你們已經簽了，地也已經賣了，這時候你再想反悔已經太晚了。」

張允說：「鎮上的意思是，非逼我們認這壺酒錢了？」

蔣虎姿態很高地說：「是，我們有合同在手，走到哪裡都是講得過去的，這壺酒錢你不想認也得認。」

張允說：「我還真不信這個邪，這政府還讓不讓老百姓講理了。」

蔣虎說：「你根本就沒有理，我們總不能讓你無理取鬧吧？」

張允說：「是你不講理，我們不跟你談了，我們要找陳鵬區長，他答應我們，要給我們一個答覆的。」

蔣虎冷笑一聲，說：「張允啊，你是不是糊塗了，我給你的答覆就是陳區長的答覆，你找他也沒有用的。再說，我有合同在手，理全在我這邊，別說找陳區長了，你就是找到金達市長也沒有用的。」

張允賭氣說：「我還就不信了，這天下就沒個講理的地方嗎？好，那我就去找金達市長，金達市長再不行，我就去找郭奎省委書記，郭奎那裏不行，我還可以找到北京，我相信總可以找到一個講理的地方。」

蔣虎一聽氣壞了，說：「張允，你今天非要跟我叫這個板是吧，我跟你說，你再不老實，我撤了你這個村長。」

張允笑了，說：「蔣鎮長，你糊塗了吧，我這個村長是村民們一票一票選出來的，可不是你想撤就能撤的。」

蔣虎氣急敗壞的說：「你別這麼囂張，我總有辦法能整到你的。」

張允毫不畏懼地說：「那我等著你。」說完，轉身就走出了鎮長辦公室，揚長而去。

蔣虎氣得坐在那裏直喘粗氣，嘴裏嘟囔說：「這個張允，真是太不像話了。」

張海不敢跟著張允離開，他看了看蔣虎，說：「蔣鎮長，你別生張允的氣了，他就是這麼個個性，愛強出頭，所以村民們才選他做村長。」

蔣虎看了看張海，說：「老張啊，不是我說你，你也是老書記了，怎麼就不能約束一下這個張允呢？還讓他到陳鵬區長那裏去胡鬧。我知道，可能徵地給你們村的補償是低了一點，但是你們要看長遠，你們白灘村在地理上很偏僻，很少有外來客商會來這裏發展。是，你們的地理環境是很適合發展休閒旅遊度假，可是，有幾個客商能出到五億的資金來發展你們這裏啊？你們要往長遠看，雲龍公司願意落腳在你們村，他那麼大的旅遊休閒度假區總需要用一些工人吧？你們跟雲龍公司處好關係，他們是不是就會優先使用你們村的人呢？再說，就算你們不準備給雲龍公司打工，但你要想到以後旅遊度假區發展起來可以給你們帶來的效益，旅遊度假區一旦發展起來，來旅遊的人自然就多了，這不但可以促進白灘村的經濟發展，你們的村民也可以開辦一些農家樂、漁家樂之類的旅遊周邊項目，這對你們村會有多大的幫助啊？所以，你們不要只看眼前的一點小利益，真正大的好處在後面呢。」

張海點點頭，說：「我知道，我知道。」

蔣虎看了看張海，他知道這是一個爛好人，你說什麼他都會點頭說我知道、我明白的，內心中，蔣虎是看不起張海的，不過他覺得倒是可以利用張海一下。

蔣虎說道：「既然你知道這個道理，回去要多做做其他兩委幹部的工作，跟他們說，他們的工作是管理好村務，不要跟一些愣頭青瞎搞事。對一些污蔑領導的行徑要有所警惕，政府也不可能老是姑息這些人瞎搞事，你知道嗎？」

張海又是連連點頭，說：「我知道，我知道。」

蔣虎說：「你先回去吧，你要記住，你才是這個村的書記，你是一把手，要多做兩委班子的工作，別再縱容張允胡鬧了，我告訴你，張允這麼做顯然是在破壞我們海平區和向東鎮的投資環境，是十分錯誤的，你不要以為自己可以躲在一旁，什麼責任都不用負，真要惹出什麼事情，你是第一個要承擔責任的人。」

蔣虎這是虛聲恫喝，張海果然嚇得一哆嗦，趕忙解釋說：「蔣鎮長，真的不關我的事啊，我也不想讓張允這麼做的。」

蔣虎說：「你既然不想跟著張允倒楣，那就把你的權威拿出來，把這個村給我管好。」

張海無奈地說：「可是張允他不聽我的啊？」

「你是書記，還是他是書記？」蔣虎叫了起來。

不過當他看到張海低眉順眼的猥瑣樣子，便知道就是責罵他、命令他也是沒有用的，當時鎮上就是看張海資格老，又聽話，才讓他當了書記，本來就是把他當一個傳聲筒，這時候想讓他把張允管住，也是不太可能的。

蔣虎洩了氣了，便厭煩的揮揮手說道：「行了，你先回去吧。」

張海說：「那鎮長我回去啦。」

蔣虎懶得理他，就揮揮手說：「走吧，走吧。」

張海如臨大赦，加快腳步，趕忙要走出門口，蔣虎這時在背後喊住了他：「你先等等，我還有話跟你說。」

張海不得已又轉回頭來，看了看蔣虎，問道：「蔣鎮長，你還有什麼要說的嗎？」

蔣虎交代說：「你回村裏，多注意一下張允的動靜，有什麼風吹草動，趕緊跟我通個氣，別鬧大了把你也牽連進去，知道嗎？」

張允今天已經放出了口風，蔣虎擔心他真的帶人去市裏找金達，那樣子事情可就鬧得有點大了，為了防患於未然，他要張海幫他做在村裏的眼線，張海這麼膽小，肯定會為了逃脫責任而通風報信的。

張海說：「一定，一定。」

蔣虎這才放張海離開了。

第五章

特別顧問

錢總點點頭，說：

「是，我們雲龍公司想請張村長作我們旅遊度假區的顧問，相當於我們公司的副總，我們會按照副總的待遇給你發放薪酬的。」

原來是這樣啊，原來這傢伙是來收買自己的，張允立時恍然大悟。

張海離開不久，陳鵬就打電話過來，問蔣虎張允那邊安撫的怎麼樣了。

蔣虎說：「我已經跟他們說明了區裏的態度，基本上已經安撫好了。」

陳鵬半信半疑地說：「真的嗎？那個張允好像不是這麼好應付的？」

蔣虎說：「沒事了，陳區長，我跟他們講了國家的有關法律規定，告訴他們徵地合同已經簽了，就不能再反悔。他們村的書記也沒話說。」

陳鵬聽了說：「白灘村的書記？那個叫張海的老實人嗎？那個人不是老實沒用的爛好人嗎？他同意你的觀點頂個屁用啊？關鍵是張允是什麼態度。蔣虎，你想打我的馬虎眼啊？」

蔣虎乾笑了一下，說：「沒想到陳區長對我們向東鎮還這麼熟悉。張允現在是有點意見，不過我們已經在做工作了，相信很快就沒問題了。」

陳鵬說：「這可是你跟我說的，到時候如果出了問題，我唯你是問。」

蔣虎說：「您放心，我一定辦好這件事情。」

陳鵬掛了電話，蔣虎想了想，這樣子下去不是個辦法，一定要趕緊解決張允才行，便打電話給錢總。他們在這一次徵地過程中結下了深厚的友誼，相互聯繫緊密，張允現在鬧事，肯定也會影響到雲龍公司在白灘村的項目運作，蔣虎想要錢總出點血，安撫一下張允。

錢總接了電話，笑著說：「蔣鎮長，那晚在海川雲龍莊園的那個妞，你還滿意吧？」

蔣虎邪邪的笑了，說：「還是錢總你知道我，那個小妞真是夠勁，現在我想起來心裏還是癢癢的。」

錢總笑說：「這好辦啊，癢了是不是？你過來雲龍莊園，我再讓那小妞幫你撓撓。」

蔣虎呵呵笑了起來，說：「現在不行啊，錢總，出了點麻煩事。現在沒心思玩那個，要趕緊把麻煩解決掉。」

錢總問：「什麼事情啊？」

蔣虎說：「是這樣，白灘村的村長你記得吧？」

「我記得，叫張允是吧？」錢總說。

蔣虎說：「對，就是這個傢伙，他昨天去區裏找了陳鵬區長，說我們脅迫他簽下徵地合同，要讓陳區長幫他們主持公道。」

錢總說：「這件事我看還是要怪你們，我早就跟你說過，地價上可以給高一點，我是求財，不是求氣。」

蔣虎說：「問題的關鍵不在這裏，他這樣鬧下去，對你們肯定是會有影響的。」

錢總沉吟了一會兒，他很清楚，這件事情如果任由它發展，一旦鬧大，他的項目就會被放到媒體前面被大眾檢驗，那樣子的話，他的高爾夫球場就要見光死了。

絕不能放任事態這麼發展下去，錢總便說：「那你的意思是怎樣？」

蔣虎說：「張允他們鬧事，只是因為他們覺得自己得到的錢太少了，我想，錢總能不能給他們一點小甜頭，他們也許就不鬧事了？」

錢總說：「你想讓我收買張允？」

蔣虎笑笑說：「談不上收買，貴公司要在白灘地面上運作，入鄉隨俗，入廟拜神，像張允這樣的土地神，拜一拜總沒有壞處的吧？」

錢總聽了，笑說：「這倒是，跟地頭蛇處理好關係總沒有錯的。行，回頭我就去會一會這個土地神。」

錢總的賓士轎車停在了張允的平房面前。張允的家是幾間高大的瓦房，雖然不豪華，可也不寒酸，在白灘村中算是比較好的房子。

大門半掩著，錢總邊往裏走，邊喊道：「張村長在家嗎？」

一條被拴著的土狗嗷嗷叫了起來，錢總止步不敢再往前走，張允從裏面走了出來，問道：「誰啊？」

錢總笑笑說：「是我，雲龍公司的老錢。」

張允認出了錢總，就喝止了狗叫，然後迎了出來，笑說：「原來是錢總啊，沒事，你往裏走，這狗不咬人的。」

錢總就進了張允家的堂屋。

張允招呼說：「錢總貴客臨門，有何貴幹啊？」

錢總笑了笑說：「我是專程來看望張村長的，今後雲龍公司要在白灘村蓋旅遊度假區，還請張村長多多關照。」

張允說：「錢總真是客氣了，我一個小小的村長能關照你什麼啊？」

錢總笑笑說：「別這麼說，你也是代表一級政府，在白灘村這一畝三分地，你可是很有威信的。」

張允客套著說：「錢總真是高看我了，雖然都說別拿村長不當幹部，可我這級幹部管的東西太有限了，幫不了錢總什麼忙的。」

錢總說：「那可不一定，我們雲龍公司會有很長一段時間留在白灘村，發展建設白灘村，我們跟張村長目標是一致的，都是想搞好這裡的經濟，所以很希望能夠和張村長以及貴村的村民精誠合作，大家共同發財。」

張允聽了，不禁說：「恐怕只是錢總你一個人發財吧？」

錢總笑了笑說：「不要這麼說，作為一個商人，我很相信和氣生財，錢村長放心，我錢某人有錢賺，大家都會有錢賺的。」

張允笑笑說：「原來錢總還這麼夠意思啊！誒，錢總今天既然來了，我正好有件事情想跟你落實一下。」

錢總說：「什麼事，請說。」

張允說：「我們村的人聽說，你們建休閒度假區只是一個幌子，其實真正要建的是高爾夫球場，是不是啊？」

錢總立時一副驚訝的模樣，否認說：「誰說的？根本就沒這回事情。」

張允看著錢總，說：「是你手下那個姓劉的經理說的，怎麼，他說的不是事實嗎？」

錢總搖了搖頭，說：「不是，根本就沒這回事，這個劉經理怎麼能瞎說八道呢。」

張允說：「恐怕無風不起浪吧？」

錢總說：「這個劉經理只是我底下一個部門的小經理，根本就不能參與公司的大事，他就是嘴碎，愛捕風捉影，聽風就是雨，千萬不能相信。」

張允說：「希望錢總說的都是真的，我聽說高爾夫球場對環境污染很大，我們白灘村可不希望你們雲龍公司來這裏破壞我們的環境。」

錢總趕忙保證說：「不會的，不會的。我們還希望能跟白灘村通力合作，怎麼會破壞你們的環境呢？」

張允說：「那就好。對了，我還有一個問題要請教錢總，你們老說什麼旅遊度假區什麼的，這旅遊度假區究竟是指什麼啊？具體都是些什麼項目？」

錢總解釋說：「說穿了很簡單，我們是想打造出一片綠色環保地帶，可以讓人們來這裏運動，度度假什麼的。」

張允問：「就運動運動度度假就能賺錢？」

錢總笑笑說：「張村長啊，這你就不知道了，現在對城市人來說什麼最珍貴？清新的空氣、美好的環境是最珍貴的。」

張允搖搖頭說：「你說的我還真不明白，空氣和環境對城市人來說怎麼就珍貴了？這在我們白灘村這兒不是很稀鬆平常嗎？」

錢總笑說：「對你們白灘村是平常，可對天天呼吸著汽車廢氣的城市人來說，就不稀鬆平常啦。我到了你們這裏，呼吸幾口空氣都感覺神清氣爽。」

張允搖了搖頭，說：「我還是不太明白。」

錢總說：「慢慢你就會明白的。你看我，跟你聊著聊著就把話題扯遠了，都忘了我來是要幹什麼啦。」

張允看了看錢總，說：「錢總還有事情需要我辦？」

錢總笑了笑說：「是這樣的，我們雲龍公司要在這裏發展旅遊度假區，沒有你們白灘村的支持是不行的，你們熟悉環境，如果在項目運作過程中能給我們一些指導，肯定會對我們項目的發展大有幫助的，所以呢……」

錢總說到這裏，拿起了手提包，從中拿出了一份紅色的證書，遞給張允，笑著說：「所以我們想禮聘張村長作為我們這個項目的顧問，這樣你就可以幫忙指點一下我們項目運作當中可能犯的錯誤。還有呢，你也可以以顧問的身分監督我們是否真的做了污染環境的事。」

張允愣了，他沒想到錢總專程登門，竟然是為了聘請自己做顧問的，他看了看錢總，說：「你們公司要請我做顧問？」

錢總點點頭，說：「是，我們雲龍公司想請張村長作我們旅遊度假區的顧問，在我們公司的級別嘛，相當於公司的副總，我們會按照副總的待遇給你發放薪酬的。」

原來是這樣啊，原來這傢伙是來收買自己的。張允立時恍然大悟，他笑了笑說：「錢總啊，不知道這個副總待遇究竟是怎麼個樣子的？」

聽張允這麼問，錢總心中暗自好笑，這傢伙是在問他出賣自己的價碼了，看來什麼人都是可以收買的。不是有句話說：「男人無所謂忠誠，忠誠只是因為背叛的價碼太低；女人無所謂忠貞，忠貞只是因為受的誘惑不夠。」你想問價碼不是嗎？行啊，我給你一個讓你無法拒絕的價碼。

錢總便說：「也沒多少，一般我們給副總的待遇都是月薪八千，加上車資、通訊費之類的補貼，大約就是每個月一萬塊錢。到了年底，公司還會根據這一年度的發展狀況，適當的發放獎金，這個數目就不是固定的了。」

張允驚訝的說道：「一個月一萬？我們這兒很多戶人家一年才賺不到一萬塊，錢總，你是不是也太看得起我了？」

錢總心中再次感到好笑，這傢伙眼眶子真是淺，月薪一萬就把他驚訝成這個樣子了，老子睡小姐高興了，一次給的小費都不止這個數字。

錢總笑笑說：「這麼說，張村長是接受我們公司的聘用了？」

沒想到張允卻搖了搖頭，說：「我不是這個意思，我能被白灘村的村民推選為村長，全是因為我為人處事公道，不會以村長的權力為自己謀取私利。錢總，謝謝你這麼看得起我，不過我不能接受。」

錢總愣了一下，他沒想到張允竟然拒絕自己！不過他很快就釋然了，張允不接受，也許是因為怕被其他村民知道，又或者張允覺得價碼還不夠高。

錢總說：「張村長如果是擔心村民們知道這件事情會對你有意見的話，也好辦，我們定一個密約，對外就說你這個顧問只是監督我們，是無酬的；私下我們會把每月的酬勞匯到你的帳戶上，你看這樣可以嗎？」

張允還是搖了搖頭，說：「錢總，你誤會我的意思啦，我還是不能接受你的聘請。」

不是擔心被公開，那就是價碼不夠高了，這就更好辦了，錢總便說：「張村長，你如果覺得我們給的酬勞不夠，可以提出來，也可以直接告訴我你想要多少。這都是很好商量的。」

張允說：「錢總啊，你沒弄明白我的意思，你給我這麼豐厚的報酬，無非是想堵住我的口，可是我如果拿了你的錢，我跟村民們怎麼交代啊？他們這麼信任我，我怎麼忍心欺騙他們。」

錢總強調說：「張村長，你如果是擔心這個，大可不必，我保證不會再有第三方知道這件事情的。」

張允說：「可是我自己知道，如果我拿了你的錢，我自己都會覺得沒有臉去見我們村的人啦。我張允活了大半輩子了，也算是頂天立地，從來還沒做過被人戳脊梁骨的事情，我絕對不會接受你的聘請的。」

錢總重新審視了一下張允，他沒想到張允竟然拒絕了自己的收買，這傢伙是鐵了心要跟自己作對啊，媽的，給你臉不要臉！錢總的臉沉了下來，說：

「張村長，你不要覺得我們雲龍公司怕你，我們能到這裏來發展，也是有一定的關係的，我來呢，是尊重你是這個村的村長，希望能跟你建立起一定的合作，說到底，我還是希望和氣生財，大家你好我也好。」

張允再次表明自己的立場，說：「錢總，只要你們合法經營，我也不會刻意去為難你們的，我張允並沒有雁過拔毛的意思；不過，如果你們違規經營，破壞了我們的環境，我也是不會坐視不管的。」

錢總冷笑一聲，說：「笑話，你想怎麼管？我是海平區政府請進來的開發商，你們區長對我都是客客氣氣的，你又能怎麼管我。張村長，你不接受我的聘請無所謂，不過，我們最好是各人自掃門前雪，休管他人瓦上霜。否則的話，你就別怪我不客氣。」

張允說：「你這是在威脅我嗎？」

錢總站了起來，說：「你愛怎麼理解就怎麼理解吧，你好好想想吧，聘書我放在這裏，如果你改變主意接受了，隨時都可以找我。」

張允把紅色的聘書遞還給錢總，說：「我是不可能接受的，你拿走吧。」

錢總最後看了一眼張允，說：「張村長啊，我錢某人也算走南闖北過，在這裏給你一句忠告吧，你別太拿自己當回事，什麼要對得起村民信任，這種話，在大會上說說就算了，私底下就別太當真了。再是，我們既然成不了朋友，我也不希望我們成為敵手。你好自為之吧。」

說完，錢總就揚長而去啦。

錢總剛剛離開，張海和村會計于國就一起進了張允的家門。

張海一進門就問道：「雲龍公司的錢總來你家幹什麼？」

張允說：「他想聘請我做雲龍公司的顧問。」

張海說：「你接受了？他每個月給你多少錢啊？」

張允瞅了張海一眼，說：「張海哥，你怎麼這麼說？這姓錢的擺明是要收買我，我是那種出賣大夥兒的人嗎？」

張海說：「我就是問問嘛，究竟他答應給你多少錢啊？」

張允說：「一個月一萬，你想要嗎，張海哥？」

張海驚訝的叫了出來，說：「一個月一萬啊，這個錢總手筆真大啊。」

張允不滿地說：「你還真想要啊？」

張海尷尬的笑了笑說：「也不是啦，我只是驚訝他會出這麼高的價碼給你。」

張允說：「他肯出這麼高的價碼，說明他肯定是有什麼事情在瞞著我們，我想了想，他們一定是要建高爾夫球場，不然的話，他也不會這麼急著跑來收買我。于國，我讓你想辦法瞭解一下雲龍公司的情況，你去打聽了嗎？」

于國說：「是，我讓幾個跟雲龍公司處得不錯的村民側面瞭解了一下，他們說，雲龍公司現在做了很多改良土質的工作，再是徵地主要是用來種草，這種情形很像是在做高爾夫球場。」

張允說：「那就沒錯了，這幫傢伙果然是要蓋高爾夫球場。」

于國說：「那怎麼辦？就讓他們建？」

張允說：「當然不行了，我們絕對不允許雲龍公司在這裏建高爾夫球場，張海哥，回頭把兩委班子的人召集起來，我們大家研究一下要如何解決這個問題。」

張海眉頭皺了起來，說：「張允啊，你還要折騰啊？我看算了吧。」

張允不滿地說：「怎麼能算了呢？我們村的土地被人低價騙走不說，還要被人建污染嚴重的高爾夫球場，我們若是不制止，將來後世子孫會指著我們的脊梁骨罵的。」

于國說：「是啊，張海哥，我們必須要制止，最不濟也可以逼雲龍公司和鎮上再給我們增加一些徵地補償。」

張海勸說：「你們就會打自己的算盤，可是雲龍公司和鎮上是那麼好對付的嗎？我跟你們說，事情不是你們想得那麼容易的。」

張允說：「不好對付又能怎麼樣？我們白灘村近千戶人家，難道就這麼讓人給欺負了？我覺得還是應該召開兩委班子會，大家共同研究一下對策。」

張海說：「要研究你們研究，我是不參加的。」

張允說：「你怎麼能不參加，你是村支書啊，你一定要參加。于國，你通知兩委成員，晚上七點在村委開會。」

張海見無法阻止，便說：「張允啊，你就胡鬧吧。」說完就往外走。

張允說：「張海哥，你先別走啊，我們是不是先商量一下要怎樣拿個章程出來？」

張海搖搖頭說：「要拿章程你自己拿，反正什麼事情都是你弄起來的，我不管。」

「那你晚上可一定要到啊！」張允又說。

張海不耐煩地說：「你煩不煩人啊？我到就是了。」

張海回到了家，越想越怕，想到蔣虎讓他有什麼情況都要通報一聲，便趕緊打電話給蔣虎，說了張允要召集兩委成員開會研究對付雲龍公司的事情。

蔣虎聽完，罵道：「這個張允真是個刺兒頭，不知道又要搞出什麼事情來。好了，這個情況我知道了。」

張海又說：「還有，蔣鎮長，那個錢總要用一萬塊錢月薪聘張允做顧問，他怎麼不找我做顧問啊？」

蔣虎被氣壞了，竟連這個老實人也見錢眼開了，說：「張海啊，你是怎麼想的啊？他找你幹什麼？你是能鬧事呢還是能平事呢？你如果能把這件事情平息下來，我來開口，讓錢總給你月薪兩萬，問題是你行嗎？」

張海也知道自己幾斤幾兩，他本來是想跟蔣虎要點好處的，聽蔣虎這麼說，他也知道是不太可能了，便洩氣地說：「那就算了。」

晚上，張允和白灘村的兩委班子成員聚到一起，研究了很久，大家都認為不能就這麼讓鎮上和雲龍公司欺負了，他們要準備相關資料去海川市政府找金達市長反映情況。

張海只是列席了會議，基本上沒拿出什麼主張，大家對他都很瞭解，也沒當回事情。

散會的時候，已經是晚上十點多了，村裏並不像城市裏有路燈，道路有些黑，不過張允對整個村子再熟悉不過了，閉著眼睛都能摸回家，就一腳高一腳低的回到了自己家。

家門口一片漆黑，大門上有一盞燈也沒亮，張允暗罵自己的老婆，這個臭婆娘，就知道省電費，自己還沒回來就把燈關了。

張允嘴裏嘟囔著，就去拍門，喊道：「我回來了，快開門。」

張允的喊聲剛一出口，耳後就聽到一陣風起，張允還算機靈，心知不好，自己被人伏擊了，趕忙用雙手護住了頭，接下來便感覺棍棒雨點般的落到了他的身上。張允大叫救命，棍棒卻並沒有停止，於是在棍棒交加之下，不久張允就昏倒在地了。

張允家裏的聽到了動靜，想要出來，卻發現大門被人從外面栓死了，根本無法打開，女人慌了神，拍打著門大喊救命。

女人的喊聲在寂靜的夜裏顯得分外刺耳，周圍鄰居有聽到的，便有人想出來看個究竟，卻和張允家一樣，發現自家的大門被人從外面栓死了，根本無法打開。

便有膽子大的人翻院牆跳了出來，就發現張允被人打暈在自家門前，而毆打他的人卻早就不見了蹤影。

村民趕緊把張允送進了醫院，醫生檢查了一番，說張海是被毆打導致昏迷，需要留院觀察一段時間，再來做進一步的診斷。

白灘村的兩委幹部立即猜測到張允可能是遭了雲龍公司的毒手，心中都很氣憤，想召集人去找雲龍公司理論。可是張允還在醫院躺著，張允是他們這些人的頭，沒有了這個領頭人，這些人雖然氣憤，一時也不知道該怎麼辦。

至於村支書張海，則是躲得遠遠的，根本不願意招惹這件事情。

張允家裏人當晚就報了警，警察過來詢問情況，給幾個人做了筆錄，然後就離開了。張允家人和幾個鄰居都沒見到是什麼人打的張允，沒什麼線索可以協助調查，警察對這種狀況也無可奈何。

一天後，張允總算恢復了意識，醫生說張允很幸運，腦子裏沒有淤血，否則治療起來會很麻煩。白灘村的幹部們聽說張允清醒了，紛紛來找張允，他們覺得自己的村長被打了，等於是白灘村受了欺負，因此想要張允幫他們拿個主意，如何才能出這口氣。

沒想到卻被張允家裏的人擋了架，張允家人不想讓張允在還沒復原的情況下，就讓這些人來打攪他。而且經過這一次的驚嚇之後，張允的太太覺得雲龍公司的人心狠手辣，這次張允被打也許只是一個警告，對方沒有下死手，如果張允繼續跟他們鬥，下次張允可能就不會這麼幸運了。因此打定主意要在張允好了之後，逼張允辭去村長職務，咱鬥不過還躲不過嘛。

過幾天張允慢慢恢復了，就有些詫異為什麼村裏的人都不來看自己，難道這些人都被雲龍公司的人嚇住了？他是一個不服輸的人，雖然明知道這是雲龍公司給自己的一次警告，可是他並沒有被嚇住，相反，反而更加燃起了鬥志，他絕對吞不下這口氣，他要好好跟雲龍公司鬥一鬥。

張允就要自己太太把他的手機拿來，他要跟村裏的人聯繫，看這些人現在是個什麼態度，也要問一問為什麼他們都不來看自己。

張允的太太看了看張允，說：「你病還沒好，找手機幹什麼？」

張允說：「我要跟村裏的人聯繫一下，這些人真差勁，我住院了他們也不來看我，難道他們膽子就這麼小，我被打了，他們也不敢出頭露面了？」

張允太太說：「這你倒別冤枉人家，你沒醒的時候，人家都來過了。」

張允心說這幫人總算還有點義氣，便說：「那你趕緊把手機給我，我現在神智已經恢復了，可以把他們找來商量一下村裏下一步要採取什麼對策了。」

張允太太說：「老頭子，你能不能醒醒腦子啊？這次你被打是為了什麼你不知道嗎？

你怎麼還想跟雲龍公司鬥啊？人家財大勢大，我們這些小老百姓沒辦法對抗的。叫我說算了吧。」

張允不耐煩的說：「女人家懂什麼？這是男人的事，你別瞎攪和，趕緊把手機給我。」

張允太太說：「我不給，我女人家什麼不懂，可我知道你在挨打的時候只有我在擔驚受怕，你昏迷在醫院也是我在伺候你。你當這個破村長，每年拿不了多少錢也就算了，還要家裏的老少為你擔心，你這到底圖的是什麼啊？叫我說，你辭掉這個村長算了。」

張允說：「你懂什麼？我一個大男人就這樣被人白打了？如果就這麼算了，我這口氣咽不下去。你怕什麼，我們白灘村近千戶人家呢，這麼大的村子做我的後盾，有什麼好怕的？你趕緊把手機給我。」

張允太太堅持說：「我不給。」

張允說：「你給不給？你不給的話我馬上就出院，我當面去跟這些人談，我就不信你能鎖住我。」

張允說著，作勢就要從病床上起來，張允太太擔心張允這樣對他的身體不好，趕忙說：「好啦，好啦，我給你就是了。」

張允拿到了手機，就打電話給村裏的兩委成員，讓他們到自己病房裏來商量事情。兩委成員過了一會兒陸續來到病房，就開始討論起這一次張允被打的事情來。

張允太太見無法再阻止什麼，就躲了出去，她擔心張允這樣子下去可能再遭雲龍公司的毒手，便打電話給傅華，她知道張允跟傅華關係不錯，張允很讚賞傅華，她想把事情說給傅華聽，讓傅華想辦法勸勸張允，讓他不要再跟雲龍公司鬥了。

傅華接了電話，張允太太說：「傅主任啊，我是張允的老婆，你還記得我嗎？」

傅華笑笑說：「原來是嬸子啊，我當然記得您啦，找我有什麼事情嗎？」

張允太太說：「傅主任，按說我不該打攪你的，可是這件事情我實在不知道該找誰好，想了想，你是我們家老頭子認識的人當中，官最大的一個，就只有你能幫我這個忙了，所以才打電話給你。」

傅華說：「嬸子，你想辦什麼事情就直說，我跟張允叔是好朋友，能幫忙的我一定會幫的。」

張允太太說：「是這樣的，我們家裏的前幾天被人打了。」

傅華驚訝的說：「張允叔被人打了，為什麼呀？找到打人的凶手沒？打得嚴重嗎？」

張允太太說：「很嚴重，當時都人事不知了，去醫院一天後才醒了過來。凶手當時就跑掉了，不過大家都清楚，是來這裏開發旅遊度假區的雲龍公司的人打的。我們家老頭子這段時間跟雲龍公司一直鬧得很彆扭，前些日子，雲龍公司的那個錢總還上門送什麼聘書，說給我們家老頭子一萬塊錢的月薪，想要我們家老頭子給他們當顧問。」

傅華說：「他們這是想收買張允叔。」

張允太太說：「是啊，我們家老頭子也知道雲龍公司想幹什麼，就拒絕了他們，結果當晚就被打了。」

傅華氣憤地說：「這雲龍公司竟這麼無法無天？你們沒把情況反映給公安部門嗎？」

張允太太說：「反映了，可是警察說這只是懷疑，並沒有什麼證據，因此不好辦。」

傅華也知道這個情形確實不好辦，就說：「也是，公安要抓人也是需要證據的。」

張允太太說：「傅主任啊，這些我都不管，我今天找你，是有件事情想拜託你，你能不能幫我跟我們家老頭子說一說，別讓他再跟雲龍公司鬥了，我們這小老百姓鬥不過他們的。」

傅華問：「張叔要做什麼？」

張允太太說：「你是知道我們家老頭子的倔脾氣的，撞了南牆也不肯回頭，現在他又在病房裏跟兩委班子的人商量呢，想要繼續跟雲龍公司鬥。傅主任，我知道我們家老頭子說起你來，都是一副很信服的樣子，你說的話他肯定聽，你就幫我這個忙，勸勸他吧。我可不想繼續跟他過這種擔驚受怕的日子。」

傅華聽了，說：「行，嬸子，我正好想打電話問問張允叔的身體狀況呢，那我跟他聊聊，看他是怎麼個打算。」

張允太太感激地說：「那就拜託你了，傅主任。」

傅華就撥通了張允的電話，過了一會兒，張允接通了。

傅華關心地說：「張叔，我聽說你被人打了？」

張允說：「你消息倒挺靈通的，是啊，被小人算計了。」

傅華說：「現在怎麼樣？不要緊吧？」

張允笑笑說：「皮肉傷，離見上帝還早呢。」

傅華問：「究竟怎麼回事啊？」

張允就把自己被打的情形說了，傅華聽完，沉吟了一會兒說：「這個雲龍公司是不是真有問題啊？」

張允說：「我覺得是，他們一定實際上是要建高爾夫球場，我可能戳中了他們的要害，所以他們才狗急跳牆，對我下毒手。」

傅華不平地說：「這幫傢伙真是的，為了一點小小的利益，竟然對你下這樣的毒手，張叔啊，你以後行動可要小心些。」

張允說：「我這次是沒防備，不然的話也不會吃這麼大的虧，以後我就會注意了。」

傅華想了想說：「我覺得這次的事情不是這麼簡單，對方為什麼會對你的行蹤這麼清楚，這很蹊蹺啊。」

張允倒沒注意到這些細節，聽傅華這麼說，一下子提醒了他，便說：「是啊，我們要開兩委班子會，只有一些兩委成員和家屬知道這個情況，而且，這次會議是臨時起意召開的，按說別人不會知道情況。」

傅華說：「除非你們兩委成員當中有人把這個情況洩露給了雲龍公司。」

張允說：「是有這個可能。」

傅華提醒說：「那你更要小心了。誒，我聽嬸子說，你又召集兩委成員在一起商量要對付雲龍公司，你們準備要怎麼辦啊？」

張允說：「大夥兒現在都很氣憤，覺得雲龍公司打上門來是欺人太甚，準備想要召集村民到雲龍公司評理去。」

張允說得很稀鬆平常，可是傅華卻知道白灘村的情況，這是一個有著近千戶的大村，村民大多姓張，論起來，可能相互之間都有些親戚關係，因此這個村的村民一向都很團結，尤其這種一致對外的情形，更是一呼百應。

張允在村中已經做過幾任的村長，威望很高。如果不是因為他性子直，老為村民們爭取利益跟鎮上衝突，他可能早就做上村書記了。鎮上就是感覺張允是刺兒頭，所以一直讓老實的張海當書記，不讓張允幹這個書記。

可是張允在村中實際的地位是遠超過張海的，如果他讓村民借這個討公道的機會到雲龍公司鬧事，一定會有很多白灘村的村民闖到雲龍公司去，這樣的話，事態難保不會失控，到那時，白灘村就算有理也會變成無理的。

傅華心裏並不贊成張允採取這種過激的行為，便說道：「你這樣做可能會激化矛盾，鬧起來對大家都沒什麼好處，你看這樣好不好，我先跟金達市長反映一下這個情況，讓他關心一下這件事情，我們還是通過正當的程序來處理這件事情比較好。」

張允質疑說：「這樣有用嗎？傅華。這件事情我們跟海平區的陳鵬區長反映過，可是結果呢，他卻讓向東鎮的鎮長蔣虎把我和張海訓了一頓，什麼問題都沒給解決。」

傅華笑笑說：「金達市長跟陳鵬這些人是不同的。」

張允說：「會有什麼不同啊？你見過天下還有白烏鴉嗎？到時候他還不是會讓雲龍公司收買了？你說了也等於沒說。」

傅華說：「你是不瞭解金達市長這個人，他是很講原則的。」

張允冷笑說：「我也是很講原則的人，可你知道我現在的下場了？你知道我當時拒絕錢總的顧問聘請時，錢總是怎麼說的嗎？他說『你別太拿自己當回事，什麼要對得起村民信任，這種話在大會上說說就算了，私底下就別太當真了。』我想金達市長的原則性可能也只是在大會上說說就算了的東西，你就別太當真了。我還是相信我們村民的力量，我倒要看看他們雲龍公司到時候在我們白灘村村民面前會怎麼說！」

傅華卻對金達很有信心，便說：「張叔，你就是不相信我們也有好的幹部。」

張允說：「我不是不想相信，可是我們村這些年遇到的都是些什麼幹部啊？我們可真是被禍害怕了，不能不對他們有所警惕。」

傅華說：「你就相信我一回，讓我把情況跟金市長彙報一下，看他如何處理這件事情，如果他處理得不好，你再讓村民找雲龍公司鬧去，好不好？」

張允考慮了一下說：「傅華，我一向是很相信你的。好吧，我就等你一段時間看看。」

傅華說：「行，我會儘快把這件事情反映給金達市長的。」

第六章

政壇潛規則

穆廣這個說法點出了目前政壇上的一個潛規則。
如果為了私人利益而違規，那就是一種犯罪的行為，
是一定會受到國家法律的嚴懲的；
但如果是為了公，為了發展地方經濟而觸及紅線，
不但不會受罰，反而會被鼓勵。

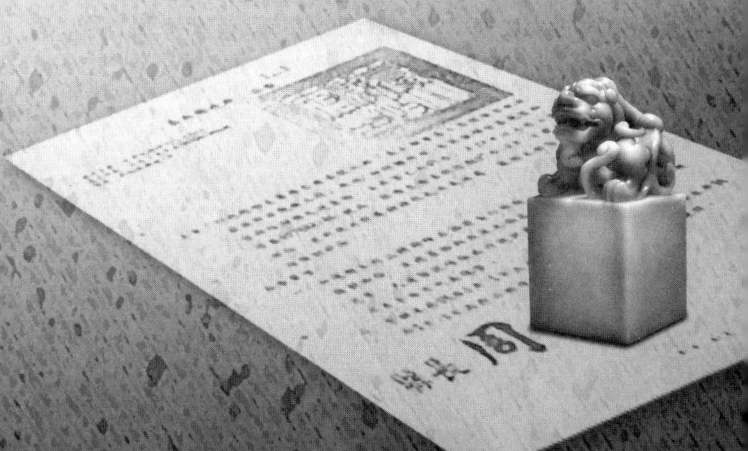

張允掛了電話之後，傅華知道這件事情必須趕快處理，否則就會釀成一次很大的群眾事件，便趕忙打電話給金達，把白灘村發生的事情跟金達說了。

金達聽完，半天沒言語，過了一會兒才說：「傅華，你是說海平區在偷著建高爾夫球場？這不可能吧？」

傅華說：「這是白灘村村長張允很確定跟我說的，他還因此被打傷住院。現在白灘村的村民情緒很不穩定，不及時處理的話，可能就會釀成一次很大的群眾事件。」

金達說：「高爾夫球場可是國家明令禁止的，陳鵬有這個膽量敢頂風違建？」

傅華說：「對外公開肯定不會說是高爾夫球場，他們打的是建設旅遊度假休閒區的旗號。金市長，這件事必須急件處理。」

金達說：「好啦，我知道了，我會問一問情況的。」

這就是金達的表態了，傅華不敢繼續追問下去，就大概又回報了一下近期的工作，然後掛了電話。

下午開會時，金達便問一起開會的穆廣：「穆副市長，前些日子我記得你去參加過海平區的招商簽約會，是吧？」

穆廣點了點頭，說：「是啊，我是去參加了海平區的招商簽約會。陳鵬把這次招商活動搞得不錯，很是招來了一些有實力的客商。」

金達問：「其中是不是有一家叫什麼雲龍公司的？」

穆廣心裏咯登了一下，金達為什麼突然提起雲龍公司呢？是不是他知道了什麼？雲龍公司出了什麼岔子嗎？

穆廣不好否認自己不知道雲龍公司，當時在主席臺上，他和錢總都作為貴賓坐在一起，這在電視臺錄下來的新聞畫面中都看得到的，如果回避說自己不知道這家公司，反而會讓金達心生疑竇。

穆廣便笑了笑說：「是有這麼一家公司，還是這次海平區的一個重點招商項目呢，他們要在海平區投資五億，打造一個天然環保的旅遊度假區。」

金達質問說：「穆副市長，他們真是要建旅遊度假區嗎？我怎麼聽說他們真正要建的是高爾夫球場呢？」

穆廣裝糊塗說：「真的嗎？這我就不清楚了，反正我看到的情況是他們要建旅遊度假區。」

金達說：「傅華的一個朋友是白灘村的村長，據他向傅華反映，這家雲龍公司只是打著旅遊度假區的幌子，真正要建的卻是高爾夫球場。你知道，建高爾夫球場是國家明令禁止的，我們是不是要調查一下這件事情啊？」

穆廣心中暗罵傅華多事，這傢伙果然是個麻煩人物，這海平區的事情與你駐京辦主任何干啊？你算老幾啊？跳出來瞎攪和幹什麼？

穆廣不想讓市政府調查雲龍公司在海平區的項目，他一開始就知道錢總是想幹什麼，錢總的小伎倆可以騙一騙不懂的白灘村村民，卻無法騙過政府的調查小組，雲龍公司真正要幹什麼，調查小組一看就知道了。

調查小組如果拿出了相關的調查報告，就等於是撕去了雲龍公司的那層旅遊度假區的遮羞布，就等於把雲龍公司要建高爾夫球場這個事實擺在了臺面上，到那個時候，除了禁止這個項目進行下去，海川市政府沒有別的選擇。

那樣子，錢總的雲龍公司損失就大了，這可不是穆廣樂見的結果。

穆廣便笑笑說：「金市長，你如果是徵求我的意見，我是覺得最好不要調查這件事情。」

金達愣了一下，他原本以為穆廣會同意調查的，沒想到穆廣會直接拒絕，他詫異的問：「穆副市長，你為什麼這麼認為啊？」

穆廣說：「我是覺得貿然去調查一家來海川投資的客商，是一件很不合宜的舉動，也是政府干預過多的一個表現，這是非常不利於來投資的客商對我們這裏投資環境的評價的。我們在招商的時候，可是跟他們承諾了對他們的投資會給予保障的，這樣做有點出爾反爾。」

金達覺得穆廣的理由有點似是而非，問題的關鍵不在於政府是否干擾了投資客商的經營行為，而是投資客商的經營是否合法，合法的經營行為當然是要保護的，不合法的經營行為自然是要予以查禁的。

金達便說：「可是如果他們真是建高爾夫球場，便是違規的行為，這樣不調查怎麼行？」

穆廣笑了笑說：「我沒看到違規的行為啊，我只看到了雲龍公司要建旅遊度假區，我們海川市正大力發展旅遊，這個項目很符合我們的旅遊發展戰略啊。」

金達不以為然地說：「如果這個旅遊度假區只是一個幌子呢？那我們豈不是自欺欺人？」

穆廣笑笑說：「金市長，我是在下面做過縣委書記的，深深了解有些時候政策的東西是需要靈活執行的。不說別的吧，就說你提到的這個高爾夫球場吧，不錯，國家是明令禁止，可是金市長，您知道全國目前已建或者正在建的高爾夫球場有多少個嗎？有人統計過，四百多個。而這其中國家正式批准的有多少呢？只有十幾個。這些大多都是地方政府採用變通方式建設的。你知道這是為什麼嗎？」

金達不解地說：「為什麼？國家明明禁止這種行徑，可是他們為什麼敢於頂風而上呢？」

穆廣分析說：「地方上之所以敢這麼做，一來是國家雖然有這個規定，可是並沒有配以嚴厲的懲罰措施，一個違反了也不需要付出什麼代價的規定是沒有什麼意義的，只是停留在紙上的一句空話而已。二來，地方要發展經濟，要向上級交出一份GDP的成績單，如果管得過死，是沒有客商願意來投資的，沒有了外來的投資，地方上的官員就無法交出一份亮麗的成績單，因此很多地方實際上都在打這種擦邊球。高爾夫球場這種項目本身投資就大，對地方上的GDP有很大的拉抬作用，另一方面，很多客商喜歡打高爾夫，如果一個地方有高爾夫球場，他們在決定投資的時候，也會願意選擇一個有高爾夫球場的地方投資。鑒於這兩方面，地方政府自然對建高爾夫球場趨之若鶩，種種的變通方法就應運而生，高爾夫球場自然就遍地開花了。」

金達說：「原來是這樣啊。」

穆廣又說：「金市長，按說這些話我不應該說，但是我覺得我們在一起搭班子，就有共同把海川經濟搞上去的義務，加上這段時間我跟您配合下來，感覺您是一個很直率、很有能力的領導，是一個可以說掏心話的人，所以我才把自己的一些真實想法跟你說一下。你要知道，我說這些，並不表示雲龍公司現在建的就是高爾夫球場，我也不清楚雲龍公司這個旅遊度假休閒區究竟是不是假的，但是，我們最好不要去調查人家。你想，如果調查到最後，雲龍公司確實是要建旅遊度假區，這樣子我們就很被動了，我們貿然啟動了一個對正當客商的調查，會讓人感覺到我們的政府對正當客商的經營行為干預過多。客商們都想要一個自由的投資環境，自然就不會願意再來我們海川投資。而現在各地都在招商，海川如果不要這個項目，還有大把的地方等著要他們過去，我們等於是把來我們這兒的投資客商拱手送給了別人。一旦被上級知道了，我們還必須為此接受相應的處分。綜合這兩方面的因素，我覺得我們最好是不要主動啟動調查，免得到最後左右為難。」

穆廣的說法讓金達猶豫了起來，他的觀點切中了金達的要害。金達當上市長之後，視角的轉換讓他慢慢體會到當初徐正做某些事情的想法了。

作為一個市長，要管的事情實在是太多了，各方面都要顧慮到，不但要管好百姓們的吃喝拉撒睡，還要無時無刻想到如何發展這個城市的經濟。

而城市的經濟發展是離不開外來投資的，如果單靠城市的內部力量，是無法實現經濟上的飛躍的；不能實現經濟上的飛躍，就無法向上級交出一份亮麗的ＧＤＰ成績單，自己這個市長就無法說是做得成功。

金達想要做出一份亮麗的成績單，但並不是急於升遷，而是因為他是省委書記郭奎選的，他如果做得不好，直接打的是郭奎的面子。他不想讓人說郭奎選了一個庸才來做海川市的市長，所以他必須加倍的努力。

但有些時候，加倍的努力並不一定就會換來亮麗的成績，就像他要申報保稅區這件事情，他為此費盡了心血，也逼著傅華全身心地投入到申報工作當中，甚至讓傅華付出了離婚的慘重代價，可結果呢，還是失敗了，這讓他頗受打擊。

這件事情讓金達明白，並不是一份耕耘就能換得一份收穫的，事情的結果是各方面因素糾纏在一起合力造成的，並不是可以用一個簡單的是與非來判斷。

而金達在申報保稅區的事情上受了挫折，就越發不能再有什麼閃失，也就越發想要做出點成績來給別人看看，因此像雲龍公司這樣很大的投資就變得關鍵了起來，他從內心中希望雲龍公司在海川好好發展，為海川的GDP貢獻力量，因此對調查雲龍公司自然就有些顧慮，更別說調查雲龍公司還可能影響到別的投資商來。

金達心中已經大致同意了穆廣的說法，不過仍有所顧慮，說：「可是如果到最後，上面真的查到了雲龍公司在建高爾夫球場，會不會處罰我們海川市啊？」

穆廣不禁笑了，他心說這個金達還真是個書生，做什麼都瞻前顧後的，就有些瞧不起金達，一個大男人，要做就做，要不做就不做，哪裡來的那麼多如果啊？

不過金達這麼說，便是傾向於同意自己的說法啦，這讓穆廣還是很高興的，便說道：

「金市長，你原來是搞政策研究的，對國家的政策規定和實施的情況應該很熟悉，這麼多年來，你可曾看到一個因為違背國家禁建高爾夫球場政策而受到重罰的幹部？」

金達想了想，說：「印象中倒是沒有。」

穆廣說：「我印象中也沒有，更何況，就算我們真的是違規，也是因公，是為了發展海川市的經濟而違規，我們問心無愧，海川市的百姓會感激我們的。」

穆廣這個說法點出了目前政壇上的一個潛規則。如果為了私人利益而違規，那就是一種犯罪的行為，是一定會受到國家法律的嚴懲的；但如果是為了公，為了發展地方經濟而觸及紅線，這種行為的定性就不好說了，壞的方面，頂多被說成是一個行政違規行為，只會受到行政處分，而不會受到國家刑罰的嚴懲。有時候運氣好的話，甚至由於觀念的不同，這種行為很可能成為改革的一種先鋒行為，不但不會受罰，反而會被鼓勵。

金達被說服了，他說：「穆副市長，你說的不錯，我們還是不要過多的去干涉企業的經營行為了。」

穆廣說：「好的。」

金達說：「不過有一件事情，這個雲龍公司做得很不好，他們跟白灘村村民鬧得很不愉快，聽說還把村長打得住了院。不管怎麼說，打人就不應該了。你回頭提醒一下陳鵬，讓他多疏導雲龍公司跟白灘村之間的矛盾，白灘村可是一個大村，不要釀成大的群眾事件就好了。」

穆廣點了點頭，說：「回頭我會跟陳鵬說這件事情的，讓他妥為處理。」

結束了跟金達的談話後，穆廣回到自己的辦公室，馬上就打電話給錢總，有些不高興的說：「老錢，你怎麼回事啊？出了事也不跟我說一聲。」

錢總不知道穆廣說的是什麼，便問道：「怎麼了穆副市長？出了什麼事情啦？」

穆廣說：「你還裝糊塗，你跟白灘村有了摩擦為什麼不跟我說？」

錢總笑了笑說：「我當是什麼事呢，就這件事情啊，小事一樁，已經擺平了啊。」

穆廣火了，說：「你擺平了？你擺平了怎麼會有人到金達那裏告你？你是不是昏了頭啦？還把人打得住了院，你是想把事情鬧到無法收拾是不是？」

錢總愣了一下，說：「有人去金達那裏告我的狀？誰啊？這傢伙活膩味了是吧？」

穆廣越發惱火，說：「你幹什麼，你是做商人呢，還是流氓啊？」

錢總趕忙說：「不是，我是氣這傢伙竟然敢跟我作對。」

穆廣說：「老錢啊，你是商人，千萬不要忘記了和氣生財四個字，發財才是你的目的。你玩什麼打打殺殺的要幹什麼啊？你是什麼身價，他們是什麼身價，真是玩大了，把你折進去了多不值得啊？」

錢總說：「是，是，穆副市長說得對，我是有點衝動了。金達過問這件事情了？」

穆廣說：「剛才跟我談了一下，原本他想去查一下你們雲龍公司究竟在下面幹什麼，後來被我勸說的打消了主意。」

錢總倒抽了一口氣，說：「謝謝你了穆副市長，這真要下來查，我這個項目可就完蛋了。」

穆廣說：「那自然是，你的項目哪經得起查，調查小組如果證實你在建高爾夫球場，那市裏面肯定會讓你馬上就停工，你的前期投資就算打了水漂了。」

錢總說：「是啊，真是太感謝穆副市長。」

穆廣說：「你不用謝我，大家這麼多年的朋友了，這個時候我不會不幫你的，只是我覺得你這件事情處理的很不明智，你既然要在白灘村開發項目，就應該跟白灘村搞好關係，你倒好，不但沒搞好關係，反而把人家的村長打得住院了。幹嘛？你是黑社會啊？玩順我者昌逆我者亡的遊戲啊？」

錢總叫屈說：「我是真生氣啊，你不知道，那個村長真是茅坑裏的石頭，又臭又硬。本來我是想跟他搞好關係的，還親自上門給他送聘書請他當顧問，想要每個月給他一萬塊的高薪養著他，誰知道這傢伙不但拒絕我，還連夜開會研究要如何對付我們雲龍公司，這樣的傢伙，我不教訓教訓他，我這口氣咽不下去。」

穆廣訓斥道：「你真是匹夫之見，你這一教訓倒好，把對方徹底逼到了跟你對立的位置上去了。你應該知道白灘村是個很大的村子，他們如果發動村子的人找你們雲龍公司或者找市政府，到時候你能應付嗎？我看怕是很難。現在地方政府維持地方平穩的任務很重，一旦有大的群眾糾紛，政府一定會插手解決的，真要到那個時候，你怎麼辦？等著政府查辦你們雲龍公司嗎？真是愚蠢。」

錢總被罵得灰溜溜的，道：「那現在已經這樣子了，你說我怎麼辦？」

穆廣說：「要我說怎麼辦啊？很好辦啊，白灘村之所以出來跟你們做對，只有一個原因，那就是他們感覺在利益上被虧欠了。你要解決這個問題也很好辦，把他們綁到你的利益戰車上，這樣你們的利益就一致了，到時候怕是你沒開口，白灘村的人就幫你開口了。」

錢總想了想，說：「讓我讓出點利益來倒不是不可以，可是那個村長真是難對付，你知道我收買過他一次了，如果他再不接受我給他們的好處怎麼辦？」

穆廣沒好氣地說：「你這個人真是的，這世界上還有收買不了的人嗎？你收買不了村長，你可以收買別人嘛，這件事情又不是村長一個人說了算的，偌大的白灘村，那麼多人，你就非在村長這棵樹上吊死啊？他們的書記呢，會計呢，還有治安主任……人多的是，我就不相信每個人都像那個村長一樣難弄。你能不能多動一下腦筋啊？」

錢總聽了，頓時茅塞頓開，說：「穆副書記，你啟發我了，我知道該怎麼做了。」

穆廣說：「你明白就好，趕緊把這段麻煩事給我解決了，我跟你說，如果到時候真有人鬧到市政府來，我一定會公事公辦的，後果你知道的。」

錢總的轎車再次出現在白灘村，不過，這一次他去的不是張允家，而是去了村支書張海家。

張海略帶警惕地看著錢總，張允被伏擊，讓張海對眼前這個看上去很和善的商人心中有幾分懼怕，他害怕自己如果沒辦法讓這傢伙滿意的話，會遭遇到跟張允一樣的下場。

他沒有張允一樣的硬骨頭，同樣，他也沒有像張允在村裏的威信，他明白自己就算答應錢總的要求，恐怕也是無法實現的，到那時候，不知道這個錢總又會怎樣來報復自己，因此他心中十分的恐懼和緊張。

張海乾笑了一下，說：「錢總，我對貴公司來我們白灘村發展項目一點意見都沒有的，跟你們有意見的是張允，你來找我，是不是找錯人了？」

錢總笑了，說：「張書記，你別緊張，我來呢，是有些事情想跟你商量，前段時間貴村一向出來跟我們打交道的都是張允村長，讓我們都以為你們村什麼都是張允說了算，後來蔣虎鎮長跟我說，你是村支書，才是真正意義上的一把手，這讓我感覺到十分的不好意思，之前對你多有怠慢，還希望你不要往心裏去啊。」

錢總說得和聲細語，又給了張海足夠的尊重，這讓張海覺得很受用，他笑了笑說：

「錢總啊，這怪不得你，張允那個人老是愛遇事強出頭，我為了班子的團結，也不太願意跟他計較，所以就給人造成了誤會，以為這村子是他說了算，其實他這個村長還是黨支部副書記，是在我領導下的。」

錢總笑了笑說：「我這個人一向弄不清楚幹部的級別，你這麼說我就清楚啦。」

張海說：「其實好多人也搞不清楚。誒，錢總，你今天來找我有什麼事情嗎？」

錢總笑笑說：「是這樣的，我們雲龍公司來貴村發展，很多事情需要雙方共同合作，前段時間我忙著其他的事務，沒有來好好跟貴村交流溝通，今天來，就是想跟張支書談一談，瞭解一下貴村對我們雲龍公司來這裏發展的一些看法。」

張海熱情地說：「其實我對貴公司來我們村發展，是持歡迎態度的。」

錢總說：「我對張支書對我們公司的支持表示感謝，有了你的支持，我們對在白灘村這裏發展更有信心了，也更想把這個項目搞好。不過，我們也聽到了一些不同的聲音，貴村似乎有人反對我們這個項目啊。」

張海說：「那其實都是張允瞎搞出來的，主要原因是我們有不少村民感覺徵地合同裏給我們的補償數額太低啦，至於什麼污染更是瞎胡鬧，農藥化肥這些，我們不是天天在用嗎？怎麼自己用就不是污染，別人用就是污染了？我真是搞不明白這個張允是怎麼想的。」

錢總聽了說：「原來是這樣啊，你說徵地補償這一塊有點低，其實我們給的地價基本上跟市場上差不多，至於政府給你們多少，就不是我們能說了算的，我想這怪不得我們吧？」

張海點了點頭。

錢總說：「不過呢，我這個人向來做事公道，我不想自己在這塊土地上發財了，卻讓貴村的村民吃虧。」

張海眼睛立時亮了起來，聽這個錢總的意思，似乎願意出錢補償白灘村，這對他來說可是一件好事，自己如果能幫村民爭取到一些利益而張允卻辦不到的話，那以後在村裏，自己的威信就會高起來了。

張海雖然老實，卻也有他的野心，他並不甘心老是在村裏被張允壓一頭。

張海便問：「錢總的意思，是想在徵地款上給我們村增加一些？」

錢總心裏暗自好笑，心說你以為事情這麼容易啊？給你們增加了徵地款，那我的成本豈不是要高很多？

錢總笑笑說：「張支書，你先別急，你們的徵地款實際上是政府給你們的，這我作為一個商人可就無法干涉了，但是我可以在另外一方面給貴村一些補償。我認真地想過了，我們的項目是在貴村的地面上，很多事情跟貴村息息相關，所以我們雲龍公司願意每年支付給貴村一筆費用，作為貴村跟我們項目配套管理的管理費。至於數額多少，我們雙方可以討論。另一方面，我們這個項目包含大量的工程，貴村的人如果有意參與，我們雲龍公司無比歡迎；貴村的人如果想要到我們公司工作，條件合適的話，我們也會優先吸收貴村的人。張支書，你看我這幾方面的補償可行嗎？」

這個條件雖然不像直接提高徵地價款那麼立竿見影，可是在張海覺得已經是很不錯了，基本上可以讓村民和村裏兩方面都受惠，張海相信張允就算用強力去爭取，結果也不會比這個好到哪裡去。

張海說：「我個人覺得是很不錯了，錢總表現出了你的誠意。不過呢，我個人是說了不算的。」

「那怎麼樣才能算呢？」錢總問。

張海說：「這要經過村民大會討論才行，村民大會同意，那就可以算了。」

錢總說：「那張支書能否幫我召集一次這樣的村民大會呢？」

張海說：「這個嘛……」

張海之所以猶豫，是覺得這個錢總有些輕視他，錢總當初為了打動張允，可是答應過張允每個月一萬塊錢的高薪的，憑什麼到了自己這兒，連一分錢都不提？是不是這傢伙根本上就看不起自己？

錢總把張海的猶豫都看在了眼裏，他知道這傢伙在想什麼，蔣虎已經把張海和他的通話內容告訴過自己，便笑著說：

「當初呢，我們為了很好的跟貴村合作，曾經想要聘請張允村長作為我們項目的顧問，可是張允村長對我們誤會很深，拒絕了我們的邀請，今天我覺得跟張支書之間很有默契，我相信張支書會為了實現我們公司和貴村的共同發展而努力的，所以呢，我們公司願意聘請張支書作為項目的顧問，不知道你意下如何？」

張海驚喜的說：「真的嗎？你們也會像給張允一樣，給我一萬塊月薪嗎？」

錢總笑著點了點頭，說：「我們給顧問的待遇是一樣的。」

張海高興地說：「那就什麼都好說了。」

錢總笑了笑說：「這麼說村民大會可以召開了？」

張海立即說：「當然可以，我總是一個村支書，在村裏也不是一點影響力都沒有的。不過這顧問的事情還需要錢總幫我保密啊，讓人知道了，我說話就不硬氣了。」

錢總笑笑說：「那是自然，除非張支書你自己公開，否則我們是不會公開的。」

張海說：「那錢總就等著聽我的好消息吧。」

錢總伸出手來，說：「跟張支書合作真是愉快。」

張海跟錢總的手握在了一起，笑著說：「合作愉快。」

張海隨即就找來了村兩委的幹部開會，張允由於還在醫院養傷，所以並沒有通知他。

張海在會議上講了雲龍公司開出的條件，還說這是自己極力爭取才爭取來的，然後詢問兩委幹部的意見。

幹部中有動搖的，認為雲龍公司這麼做也算是不錯了，打算同意。也有跟張允關係不錯的人，跟張允一樣覺得不能就這麼接受，還說要跟張允說一聲，張允畢竟是村長，應該知道這個情況。

張海知道如果讓張允知道了，事情可能就辦不成了，便說：

「你去跟張允說什麼，他被人打傷，這筆帳都被他記在雲龍公司的頭上，肯定是反對的。我跟雲龍公司爭取這些條件可是為了我們全體白灘村的村民，而不是為了張允一個人。既然事情是為了全體村民，那全體村民就都有表達意見的權利，所以我覺得應該召開村民大會，讓村民們集體討論，村民們如果覺得應該接受，那我們就接受；村民如果覺得不能接受，那我們就不接受。我想張允他對村民大會決議的事情，也是不會反對的。」

兩委幹部覺得張海說的也有道理，於是就同意召開村民大會。

在村民大會上，張海先為自己好一頓的表功，說自己怎麼為村裏和全體村民爭取利益，好不容易才說動雲龍公司同意了這些條件，這些條件又是如何對村裏和村民們有利，讓村民們在投票表決的時候好好考慮考慮。

村民中本來就有從雲龍公司中受益的人，也有想去雲龍公司打工的人，還有能夠參與到雲龍公司項目建設的人，這些人自然就傾向於支持雲龍公司。現在雲龍公司又開出了這麼好的條件，原本持反對意見的人也有一些動搖了。對這些農民來說，最現實的是自己能否從這個項目中得到什麼好處，至於污不污染環境，根本上他們就不是很在意的。

投票的結果不出張海的意料之外，村民有超過三分之二同意接受雲龍公司的條件。

張海實際上早就猜到會是這樣一個結果，他老實懦弱不假，可並不笨，張海很明白，農民嘛，都是希望能夠抓住眼前利益的。

北京。

傅華在過了一段時間之後打電話給張允，一來，他沒有從金達那裏得到有關雲龍公司和白灘村爭執事件的後續消息，二來，他也想問一下張允的身體狀況，看他康復了沒有。

並不是張允接的電話，是張允的太太接的。

傅華問候說：「嬸子，張叔好了沒有啊？」

張允太太說：「是傅主任啊，真是讓你擔心了，你張叔好了，已經出院了。」

傅華聽了說：「那就好，你讓張叔接個電話，我跟他聊聊。」

張允太太說：「傅主任，有件事情我需要跟你說一下，你跟你張叔聊聊可以，但千萬不要跟他提雲龍公司那件事情，好嗎？」

傅華愣了一下，說：「怎麼了？」

張允太太說：「你不知道，你張叔現在提起這件事情就上火，摔碟子摔碗的，真是受不了他。」

這時，傅華聽到電話那邊張允在喊：「誰打來的電話？你在哪瞎嘀咕什麼？還不趕緊給我把電話拿過來。」

張允太太便說：「他又發火了，你跟他說說，幫我勸勸他好嗎？」

傅華說：「行，你讓他接電話吧。」

張允太太說：「死老頭子，你叫喚什麼，是傅主任的電話，你來接吧。」

張允在電話那邊說道：「傅華啊，你還記得我這個老頭子啊？」

傅華吃了一驚，張允的聲音明顯蒼老了很多，他趕忙問道：「張叔，你怎麼了？我怎麼聽你的聲音不對啊？是不是傷沒好啊？如果沒有徹底復原，你還是快回去住院才對，缺錢的話可以從我這裏拿。」

張允嘆了口氣，說：「我那點小傷早就好了，只是沒想到被雲龍公司趁我不在村裏，算計了我一下，我是被村裏的人氣成這樣的。」

傅華納悶地說：「究竟是怎麼回事啊？剛才嬸子還跟我說，叫我不要跟你提雲龍公司這件事呢。」

張允說：「你別提那個死老婆子了，她也跟著村裏的人一起瞞著我，差一點氣死我。」

這時，張允太太在一旁說道：「我不瞞著你又能如何，村民大會都通過了的事情，你這個村長不同意又能怎麼樣？說給你聽你也只能乾瞪眼。」

張允惱火的罵道：「你個死老婆子，給我滾一邊去。」

張允太太說：「好心沒好報，我不管你了，你就自己生氣去吧。」

傅華聽他們夫妻鬥著嘴，不禁笑說：「張叔，你先別動這麼大的肝火，究竟是怎麼回事啊，說給我聽聽。」

張允再次嘆了口氣，說：「傅華啊，這人啊，有些時候真覺得沒意思，尤其是被自己人從背後捅了一刀的時候。」

張允就講了自己住院期間，張海召開村民大會同意接受雲龍公司條件的事情，講完之後，又感嘆地說：「看到這些人這個樣子，我真不知道當初自己那麼堅持是為了什麼。」

傅華聽完，心裏也不禁佩服錢總擺平白灘村村民手段的高超，只花一點小錢，就讓村民服服貼貼的。錢總這麼做，有效的化解了矛盾，不像一些有錢的財團一味的激化矛盾，這才是真正聰明人做的事情。

這個結果也大出傅華的意料之外，他原本想，金達聽到自己反映的情況，可能會派個小組下去調查一下，看看雲龍公司究竟在白灘村幹什麼。可是金達並沒有這樣做，甚至沒有動用任何的政府公權力，卻讓雲龍公司出錢擺平了白灘村。

金達這是怎麼想的？他究竟知不知道雲龍公司要建的可能是高爾夫球場啊？還是他出於某種意圖，對雲龍公司的行為採取了視而不見的縱容態度？

傅華不敢再往深處想下去，如果金達真是採取了縱容態度，那這還是當初那個處處堅守原則的金達嗎？

不過，眼前還是先安撫一下張允才行，這老頭脾氣火爆，老這麼生氣會氣出病來的。

傅華便安慰說：「張叔，事情已經這樣了，您就不要生氣了，這也是村民自己的選擇不是嗎？」

張允說：「就是這樣我才更生氣，被自己人捅刀子的感覺實在是太難受了。你知道嗎，我的小兒子也跑去給雲龍公司賣命去了，他有一個挖土機，被雲龍公司高價雇去了，這傢伙還跑來跟我說，不希望我再去跟雲龍公司作對，如果再去跟雲龍公司作對，就等於是壞了他的買賣，他會跟我沒完的。媽的，他是爹還是我是爹啊，敢這麼跟我說話？」

傅華被張允的這句話逗笑了，說：「好啦，反正你也改變不了這個事實，你就讓他趁這個機會賺點錢不好嗎？」

張允火大了，說：「傅華，你也鑽進錢眼裏了嗎？別人可以愛錢，我張允就是不行，要不然的話，我幹嘛拒絕雲龍公司一個月一萬塊錢的高薪啊？」

傅華笑了笑說：「張叔，不是我也鑽錢眼裏了，是這個社會就是這麼一種風氣，大家都在向錢看，人們評價對方的成功與否，都是要看對方賺了多少錢，這種狀態下，你想你小兒子不急著賺錢，那也不太現實啊。」

張允苦笑了一下，說：「我不是反對賺錢，可是這錢要賺得正當才行啊。如果為了賺錢什麼都可以幹的話，這社會豈不是亂了套了嗎？」

傅華說：「這是一種大的潮流，經歷了困難時期，中國人都窮怕了。」

張允說：「可是在那個貧窮的時期，我沒覺得不快樂啊，相反，現在大家手裏多少都有點錢了，卻沒有了當初的那種快樂。你知道這是為什麼嗎？這是因為我們那個時候有信念，有了信念心裏就覺得踏實。」

傅華笑說：「我倒不這麼覺得，那時候大家都一樣，都那麼窮，互相之間沒有競爭的念頭，自然就會快樂很多。」

張允說：「反正我覺得還是以前好，那時候幹什麼都有一股勁，哪像現在這個樣子。人也不像現在這麼壞。傅華啊，我覺得不管怎樣，人不能沒有一種信念，不能沒有一種底線。」

傅華沒再說什麼，每一個時期，都是有好的和壞的事物，他感覺張允可能是上了年紀的緣故吧，他失去了對這個社會的控制力，不再是這個社會的主導，因此就對這個社會頗多怨言了。

張允停頓了一會，見傅華沒說話，接著說道：

「不說別的，就說這個雲龍公司發展的項目吧，我現在越來越看得清楚，他們就是在做高爾夫球場，可是現在卻沒有人在反對這個了，反而我們白灘村的村民都不自覺地在維護這個雲龍公司的利益。政府更是不用說了，更是對雲龍公司極盡呵護。明明這是一個違規的項目，可是大家為什麼都不覺得這麼做是錯誤的呢？這個社會這個樣子怎麼行啊？傅華啊，你跟我說，這是為什麼啊？是我張允已經跟不上這個社會的節奏了嗎？我記得你當時不是跟我說，要把雲龍公司的情況反映給金達市長嗎？你究竟反映了沒有啊？」

傅華很能理解張允現在的心情，這個很有正義感的人看不慣當下的這種風氣也是正常的。他嘆了口氣，說：「我早就把情況原原本本跟金達市長反映過了。」

張允納悶說：「既然反映了，為什麼沒人下來調查啊？難道市裏面也不認為這是錯的嗎？」

傅華尷尬地說：「這我就不清楚了，金市長那邊也沒有進一步的消息。」

張允說：「我就跟你說天下沒有白烏鴉的，你還不相信，怎麼樣？現在信了吧？」

傅華苦笑了一下，說：「也許金市長有他的苦衷吧。」

張允哼了聲說：「誰沒有苦衷啊，有苦衷就可以違規嗎？」

張允的問題，傅華答不上來，他只好轉移話題，說：「張叔啊，你也不要操這麼多心了，在家放鬆心情，把身體養好才是最重要的。」

張允不滿地說：「傅華，你這是在跟我打官腔嗎？」

傅華無奈地說：「張叔，我只是一個小小的駐京辦主任，就算我說大話，跟你打包票說可以改變這一切，但你能相信嗎？」

張允聽了，也無可奈何地說：「也是，我們都是小角色，只能發發牢騷罷了。」

兩人都感覺心情十分沉重，他們是不樂見這種狀況的，可是他們都覺得自己改變不了什麼，就都沉默了。

過了一會兒，張允說：「傅華，沒別的事我掛了。」

傅華還想說點什麼，卻又沒什麼話能說，只好說：「那好，張叔你保重啊。」

第七章

流年不利

傅華說：

「不知道是不是我今年流年不利，反正我現在做什麼事都不順，一開始是申報保稅區失敗，然後是離婚，現在連金達都對我有了意見，你說我鵬程大展，我看未必，是自身難保才對。」

掛掉電話，傅華心情是鬱悶的，當初他以為金達跟他是同一類型的人，某種程度上，他是把自己的一些理想寄託在金達身上，他盡力去幫助金達，也是想通過金達實現自己無法實現的一些東西。但眼前發生的這些事，卻跟他預想的完全不同，他發現金達變得越來越像一個官僚了，傅華感覺彷彿從他身上又看到徐正的影子，這可不是傅華所樂見的。

傅華撥通了金達的電話，雖然他猜想到金達可能選擇了縱容雲龍公司違規行為的立場，但內心中卻總是不願意相信這一點，他想親口聽聽金達對這件事情是怎麼想的，也許金達確實有他的苦衷呢？

金達接通了電話，問道：「傅華，你找我什麼事情啊？」

金達的聲音一點熱情都沒有，似乎心情不太好，傅華感覺時機可能不太對，不過既然已經通上話了，便仍然說道：「金市長，我想問您一下，上次我跟您提起的雲龍公司的事，市裏面是怎麼打算的？」

金達沒好氣的說：「什麼怎麼打算的？雲龍公司是正當經營，市裏面不應該去干涉什麼。傅華，你不要再瞎摻和這些事情了，你的崗位是在駐京辦，不是在白灘村。有這個閒工夫，你還不如多幫市裏的工業園區找幾家來落戶的客商。」

金達的態度明顯是對傅華追問雲龍公司這件事情不滿了，這讓傅華心裏更是鬱悶，這印證了他對金達在縱容雲龍公司的猜測，而且金達這種嚴厲的態度，明顯是持跟雲龍公司一樣的立場，這要是按照金達以前的做事原則根本是不可能的，難道金達已經被雲龍公司收買了嗎？

傅華心中十分沮喪，他可不想自己抱予極大寄望的金達，變成跟徐正一樣的人，他覺得自己應該適當提醒一下金達，便說道：

「不是的，金市長，根據我瞭解的情況基本可以證實，雲龍公司的確是在建造高爾夫球場，這肯定是違規行為，我覺得……」

「你這個人怎麼回事啊？」金達沒等傅華說完就叫道：「你覺得你覺得，你遠在北京難道會比海平區的同志還瞭解情況嗎？」

傅華沒有被金達的叫罵嚇住，他想金達應該還是有接受不同意見的度量的，便說：

「我是沒有海平區的同志瞭解情況，不過海平區的同志可能會為了某種利益欺騙您，你是不是再考慮調查一下雲龍公司？」

金達卻沒有要接受傅華意見的意思，他說：「傅華，我再提醒你一次，你的工作崗位是在駐京辦，不是在海平區，海平區的工作自然有他們的區長區委書記來處理，你不要隨便再攪和了。」

傅華可以感到金達是在壓著極大的怒氣跟自己說話，只是金達還顧念著跟自己的那份交情，若是換了別人這麼一再的跟他講不願意聽的事情，可能早就爆發了。

傅華明白，這時自己面對的是一個市長，而不是朋友，他應該適可而止啦，便說道：

「我知道了，金市長。」

傅華說完，沒等金達再說什麼就掛了電話。

金達聽電話裏傳來的嘟嘟聲，愣了一下，他知道傅華對自己生氣了，嘆了口氣，心說：傅華啊，你沒處在我這個位置上，如果你在我這個位置上的話，就會明白我的難處了。

傅華一開始跟金達通話時的感覺沒錯，金達的心情確實是很不好，不過這個不好可不是因為雲龍公司要建高爾夫球場的緣故，而是來自金達剛參加的海川市市委的書記會上。

在書記會上，來海川不久的于捷副書記對海川市政府最近的工作提出了一些質疑，包括原本海川市要做保稅區的預留地段現在分開審批，做了幾個工業園區，海川市政府給了入住工業園區很優惠的政策，其中減免稅收的力度很大，于捷質疑市政府這樣做是不是違背了國家的有關政策。

再是于捷亦提及了雲龍公司在白灘村可能是要建高爾夫球場，這明顯是國家禁止的項目，批建這樣的項目，是不是不合適。

金達起初並沒有把于捷的質問當回事，因此在于捷說完後，金達笑了笑說：

「于副書記，可能你不太瞭解政府的招商流程，現在全國各地都在招商，我們海川市在其中並無多少優勢可言，如果不多出一點更有力的優惠政策，客商怎麼會願意到我們海川來投資啊？沒有客商投資，我們海川的經濟要如何發展啊？你沒看全省這幾年ＧＤＰ上升快的幾個市，都是招商招得很猛的城市嗎？我們海川市在徐正市長執政時期，招商已經開始呈下降趨勢，後來出了一個騙子事件，更是對我們市的招商造成很大打擊，我們再不想點新的辦法，我們海川市在東海省的經濟大市的地位就不保了。」

于捷並沒有被金達的說法說服，他說：「那也不能用違規的行為換取發展啊？中央不是提倡科學的發展觀嗎，我們如果能用高科技帶來城市的發展，不是更符合國家的政策嗎？」

金達笑說：「于副書記，這你就不瞭解實際情況啦，我也想用高科技公司帶動海川經濟的發展，可是那也得有高科技的公司啊！高科技公司喜歡落戶什麼地方你知道嗎？他們喜歡人才聚集的地方，喜歡文化資訊中心，喜歡熱鬧繁華的大城市，像我們這樣的二三線城市，對他們根本就沒什麼吸引力。我們海川市也曾經招商過一家高科技軟體公司，政府給了他們很多的政策扶持，培育它，可是他們發展起來之後又怎麼樣？還不是把總部遷到了北京去了？北京才有適合他們壯大的土壤。于副書記說我們市政府是在用違規換取發展，這我覺得有點過分了，現在哪個地方沒有一些招商的優惠政策啊？大家都在這麼做，他們行，我們為什麼就不行了呢？」

于捷不說話了。

張琳問道：「那雲龍公司的高爾夫球場又是怎麼回事啊？」

金達說：「這件事情可能于副書記誤會了，這件事我也聽到了下面的一些反映，據我了解，海平區根本沒批准什麼高爾夫項目，雲龍公司建的不過是一個旅遊休閒度假區。」

于捷說：「可是有人反映雲龍公司是拿旅遊度假區作為幌子，真正要建的是高爾夫球場。」

金達臉沉了下來，他對于捷的緊追不放有些不耐煩，他說：「這個情況我就不瞭解了，我們政府是行政管理的部門，履行的只是管理的職責，對下面企業的行為不好干預過多。」

張琳在一旁聽了說：「可是，金達同志，糾正企業的違規行為，不正是政府的管理職責之一嗎？」

張琳這麼說可有點咄咄逼人了，金達意識到今天這個書記會已經變成了于捷和張琳聯手對付自己的一次會議了，他心裏便有些惱火了起來。

他看了張琳一眼，說：「張書記，你說的對，糾正企業的違規行為確實是政府的行為之一，可是你也要知道，我們政府不能對企業管得過多，管得過多，就會讓企業失去活力，也就讓地方上的經濟失去了發展動力。所以政府在這其中不得不慎之又慎。如果輕易就去干擾企業的經營行為，會讓企業對我們海川的投資環境產生疑慮，從而嚴重影響我們海川的招商工作，這個責任我可是負不起的。」

張琳和于捷相互看了對方一眼，他們覺得金達的解釋還說得過去，就沒再繼續追問下去，話題就轉向了別的工作上面去了。

雖然兩人沒再追問下去，可金達心裏卻感到十分的委屈，自己做這些，還不是為了海川經濟的發展？于捷一句科學的發展觀說的是很輕巧，可是真要把發展落到實處，那可不是上下嘴皮子一碰就能做到的。

自己做了這個市長之後，時時刻刻想的都是如何做才能帶動海川經濟的進步，成天忙這忙那，幾乎很少能夠在午夜之前入睡。自己這麼辛苦，張琳和于捷這兩個人還不理解，于捷今天更是一副想要發難的架勢，張琳雖然沒像于捷那樣，可是也在一旁幫著于捷敲邊鼓，兩人根本就是聯合起來跟自己對著幹，自己這麼辛苦，圖的是什麼啊？

因此金達從書記會回到辦公室，是一肚子委屈的，這時候傅華又不識趣的跑來問高爾夫球場的事情，金達自然是沒有好氣給他的。

傅華賭氣掛了電話，讓金達多少有些冷靜下來，他知道傅華這麼關心這件事情，無非是擔心雲龍公司違規的行為可能影響到海川市政府，他這也是好心。

金達就想打電話給傅華解釋一下，可是想了想，又打消了這個念頭，自己要怎麼跟他解釋這件事情啊？難道跟他說自己不去查雲龍公司，是因為怕查出來後影響客商對海川投資環境的評價嗎？

金達在心裏苦笑了一下，心說：對不起啊傅華，你就受點委屈吧，等你有一天做到我這個位置，你就會明白我這麼做的原因了。

金達放下了電話，也收拾好了心情，桌上還有一堆文件等著他批閱呢，他又埋首在文件中開始工作了。

傅華在金達那裏受了批評，生了一肚子悶氣，自己明明是想提醒一下金達，他卻連聽完的度量都沒有，難道一個人升官了之後，真的會變化這麼大嗎？傅華的心情大受影響，這一天都高興不起來。

傍晚時，傅華收拾了一下正準備下班，電話突然響了，看看是師兄賈昊的號碼，便接通了。

賈昊爽朗地說：「小師弟啊，在忙什麼呢？」

「沒忙什麼，正收拾準備下班呢。有什麼事嗎，師兄？」傅華淡淡的說。

賈昊說：「我剛從外地回來，想找人出來吃飯，你晚上有空嗎？」

傅華說：「師兄找我，當然有時間了。」

賈昊說：「那行，我們一會兒見吧。」

傅華就去了約定的地點，賈昊已經等在那裏了。看到傅華來了，上下打量了一下傅華，笑笑說：「小師弟，才幾天沒見，你消瘦了很多啊。」

傅華笑笑說：「沒什麼，瘦了點而已，倒是師兄始終神采奕奕，一點都沒什麼變化。」

賈昊說：「潘濤跟我說你離婚的事了，小師弟，離婚也不是什麼大不了的事，師兄我也離過，你就看開一點吧。」

傅華苦笑了一下，說：「我現在看淡很多了。」

賈昊慨嘆著說：「自從小文要跟我分手的那一刻起，我就明白這世界上愛情是靠不住的，你和趙婷鬧這一齣，更是讓我不敢相信愛情了。原本我們這個圈子裏都認為你們兩人是神仙眷屬，羨煞我們多少人啊？可最後也逃不過勞燕分飛的結局，哎，這世界上的女人都是不可信的。」

傅華笑了笑，說：「這已經是過去一段時間的事情了，師兄，就不提她了好嗎？」

賈昊取笑說：「怕我提她啊？看來你還是沒有完全放下啊。」

傅華說：「我們總是過了一段時間的幸福生活，又豈是說放下就放下的。不說她了，師兄，你這次離京可是有一段時間了，跑出去幹什麼啊？」

賈昊說：「沒什麼，我去了上海和深圳證券市場調研，都是工作上的事情。來，點菜，我們師兄弟算是同病相憐，今天要不醉不休啊。」

「好，我也悶了好一段時間了，今天師兄回來，我就陪師兄好好喝一喝。」傅華應道。

兩人就點了菜，叫了白酒，開始喝起來。

喝了一杯之後，賈昊問道：「小師弟啊，你下一步怎麼打算，就這麼乾靠著？」

傅華笑說：「師兄不也是乾靠著嗎？」

賈昊說：「你不能跟我比，我還有孩子要顧，你雖然也有孩子，可是孩子不用你照顧，自在多了。跟師兄說說，你想再找個什麼樣的？」

傅華搖搖頭說：「我還真沒想過這個問題。」

賈昊說：「你還在想趙婷是吧？我跟你說，你當初就是失策，把趙婷送到澳洲那麼遠的地方，現在連看到她都很難。這人啊，要在一起才會有感情，你這樣連面都見不到，感情會越來越淡的，更別說破鏡重圓了。」

傅華早已意識到了這一點，苦笑著說：「這一點我也知道，我已經不抱幻想了，但是我覺得起碼在趙婷沒再找到新的對象之前，我是不會再去找別的女人的。」

說這話的時候，傅華忽然想到了曉菲，這時他才發現到自己好長時間沒跟曉菲聯絡了。

賈昊拍了拍傅華的肩膀，說：「我就知道小師弟是一個有情有義的人，行，等你想找的時候跟師兄我說一聲，我跟你說，你想找什麼樣的我都能幫你找到。」

傅華笑了起來，說：「師兄啊，你還是先幫自己找一個吧，你打光棍也很長時間了。」

賈昊說：「你別跟我比，我是因為孩子才這樣的。我跟你說，你想找漂亮的，我可以幫你安排電影明星認識；你想找有錢的，我也可以介紹身家豐厚的給你，叫趙婷看看，小師弟你也不是沒人喜歡。」

傅華不禁笑道：「好啦，我真要找的話，一定跟師兄說。」

賈昊將傅華的杯子滿上，然後說：「來，這杯我敬你，祝賀你升官了。」

傅華說：「我當副秘書長的事，師兄也知道了？」

賈昊說：「都是潘濤跟我說的，我很替你高興啊，小師弟，你這是又上了一層臺階了，現在有金達市長罩著你，相信你未來一定會鵬程大展的。來，我們乾了這一杯。」

傅華跟賈昊碰了碰杯，喝光杯中酒，然後嘆了口氣，說：「師兄啊，我怕是會讓你失望的。」

賈昊看了看傅華，說：「你這是什麼意思啊？」

傅華說：「不知道是不是我今年流年不利，反正我現在做什麼事都不順，一開始是申報保稅區失敗，然後是離婚，現在連金達都對我有了意見，你說我鵬程大展，我看未必，是自身難保才對。」

賈昊愣了一下，說：「怎麼回事啊？我記得你跟我說過，你跟這個金達關係很不錯的嘛。」

傅華嘆說：「人家現在身分變了，可能早忘了當初那份友誼了。」

「究竟是怎麼回事啊，你說說我聽聽。」賈昊問。

傅華就講了金達批評自己的事情，賈昊聽完，笑了說：「你覺得金達過分了是吧？我倒覺得金達還是給你留著面子的。」

傅華說：「難道說師兄認為是我過分了？」

賈昊點了點頭，說：「不說別的，如果換一個不是跟你有交情的市長，你還會去追問他這件事情嗎？」

傅華說：「那當然不會了，領導沒作答覆，就可能有各種因素，通常我們這些做下屬的不會主動去追問什麼的。」

賈昊分析說：「再是，如果換做別的市長，他說讓你幹好本職工作，不要去干涉別人的事情，你是不是也會像這樣還繼續說下去呢？」

傅華說：「那當然不會了。」

賈昊說：「所以說嘛，根本就是你沒擺正自己的身分，你忘記了他是你的上級這件事情。我覺得金達這樣對你還是客氣的，換做我，可能早就罵你不識趣了。」

傅華委屈地說：「可我就是沒有把他當做是上級，才一再提醒他，因為我不希望他在這件事情上犯錯誤。」

賈昊說：「那是你在自己的立場上去考慮問題，如果換在他的立場上，你就不會這麼說了。根據你說的，我猜測金達很可能十分清楚那個雲龍公司究竟是在做什麼，但是有某種顧慮，不敢或者不能去查辦這件事情，因此他只能在另外的層面上來做彌補。」

傅華困惑地說：「可是我覺得他根本沒做什麼啊？」

賈昊笑了，說：「那你以為雲龍公司為什麼肯給白灘村那麼多好處啊？沒有上面的壓力，他們肯吐出那麼多的利益給白灘村嗎？你好好想想吧。」

傅華想了想也是，不過他還是對金達這種做法有些不滿，便說道：「可是金達作為市長，查辦這件事情應該是很容易的，我真不知道他在顧慮什麼？」

賈昊開導著說：「如果金達不是市長，像你一樣是局外人，那他查辦起這件事情肯定會沒什麼顧慮，可他是市長，查辦起來就會顧慮重重了。你應該知道，要建一個項目，是要經過多層審批的，如果查起來，有多少人要為此負責啊？還有最主要的一點，如果將這個五億的項目踢出海川，那市裏面的ＧＤＰ將會損失嚴重，在這個ＧＤＰ掛帥的年代，對一個市長來說，可能是最不想看到的。」

傅華說：「那也不能沒有原則啊？」

賈昊笑了，說：「這就是一個做市長的難處了，要完全講原則，水至清則無魚，經濟就發展不起來；但又不能完全不講原則，完全不講原則他就要被查處，所以他就選擇了裝糊塗。」

傅華默然了，他知道賈昊的分析很有道理，不過他心裏並沒有因此就諒解金達，也許金達這麼做有他不得已的苦衷，可是傅華覺得他應該有更好的解決方案，而不是選擇向違規行為妥協。

傅華心裏感到十分彆扭，這頓酒就喝得很不痛快，很快他就喝得醉醺醺的，自己怎麼回到家的都不知道。

早上起來，傅華只覺頭痛欲裂，強撐起來喝了點涼開水，這才感覺好了一點。

這時手機響了起來，傅華也沒看是誰的就接通了。

電話那邊趙凱說道：「傅華，昨晚你幹什麼去了？」

傅華強笑了一下，說：「是您啊，爸爸。是這樣，我跟賈昊喝酒去了，喝的有點多，回家就睡著了。您找我？」

趙凱說：「不是我找你，是小婷找你。」

傅華驚訝的說：「小婷找我？她找我有什麼事情嗎？」

經過了幾個月的時間，趙婷終於肯跟自己通話了，這讓傅華的心撲通撲通急速的跳了起來，他很緊張，不知道趙婷究竟是想要跟自己說什麼。

趙凱說：「傅華，小婷原本是想當面跟你說的，可是她昨晚找了你幾次，你都沒接電話，她就讓我轉告你，她已經接受John的求婚了，希望你能祝福他們。至於傅昭，她說你不用擔心，John很疼傅昭，他們一定會照顧好傅昭的。」

傅華隱約已經感覺到趙婷突然要跟自己通話，是要跟自己說這個最壞的消息了。這個結果也是他早就預料到的，因此聽完他並沒有很激動，也沒有很驚訝，語氣平淡的說：「原來是這樣啊，您跟小婷說，我祝福他們。」

傅華驚人的平靜，反而讓趙凱感覺到有些不安，他說：「傅華，你沒事吧？」

雖然這個結果並不是傅華想要的，可是久懸在心裏的一塊石頭總算是落了地了，傅華心裏竟有一絲輕鬆的感覺，他淡淡的笑了笑，說：「我沒事，爸，你別忘了跟小婷說我祝福她。」

趙凱越發不放心地說：「傅華，爸爸沒能勸小婷回頭，你是不是生我的氣了？我跟你說，我真的不喜歡小婷找什麼洋人的。」

傅華笑了笑說：「我真的沒事，爸，小婷要找什麼人那是她自己的意願，我尊重她。」

趙凱又問了幾遍，確定傅華真的沒事之後，這才掛了電話。

傅華掛掉電話後，很平靜的起床洗澡，給自己弄了早餐，吃完後開車去駐京辦。

傅華對趙婷和John之間的關係早就有所察覺，現在事實印證了自己的想法，他沒有感到傷心，相反，他明白趙婷離開他並不是因為他忽略了她的緣故，根本上就是趙婷另有所愛，他心裏對趙婷的那些歉疚沒有了，他不欠趙婷的了。

現在趙婷已經開始新的生活，他再自苦下去就沒什麼意義了，應該開始新的生活啦，傅華這時想到了曉菲，自己應該給這個女人一個交代了。

下班的時候，傅華去了曉菲的四合院。曉菲正在裏面忙碌，看到傅華來了，並沒有什麼熱情的表示，只是淡淡點了點頭，說：「來了。」

傅華拉住了曉菲的手，笑著說：「你跟我來，我有話跟你說。」就拖著曉菲去了廂房。

一路上，曉菲也沒掙扎，只是任由傅華拖著她。

進了廂房之後，傅華興奮地說：「曉菲，你知道嗎？真像你說的那樣，趙婷實際上早就愛上了別人，今天我岳父告訴我，趙婷要跟別人結婚啦。」

曉菲平靜的看著傅華，說：「那又怎麼樣啊？」

傅華說：「這樣的話，我們就可以光明正大的在一起了，難道你不高興嗎？」

曉菲看了傅華一眼，說：「我什麼時候答應過你，要跟你在一起了？我又什麼時候淪落到要給別人當替身的地步啦？」

傅華這才感覺到曉菲的異常，他看著曉菲說：「曉菲，你知道我這段時間發生了很多事情，心情一時很難調適，可能我沒多來看你，冷落了你。我想你應該能理解我，你不要怪我好不好？」

曉菲笑了，說：「傅華，我沒怪你的意思，不過，這段時間你也讓我明白了你最在乎的是什麼，你在乎的只有你的妻子兒子，實際上你根本就沒在乎過我。前段時間我被感情一時沖昏了頭腦，根本就沒意識到這一點，感謝你給了我一段冷靜的時期，讓我想清楚了很多。」

傅華愣了一下，隨即伸手去抓曉菲的手腕，說：「曉菲，你怎麼啦，你應該知道我是喜歡你的，前段時間我是因為有趙婷的牽絆，沒有很好的照顧你，現在趙婷這塊牽絆沒有了，你怎麼變成這個態度啦？」

曉菲笑笑，說：「我不否認我曾經失去理智一般的愛上了你，同時我也相信，那個時候你也是愛我的，但那終究只是一段迷思，那時候我對你既然這麼愛我，卻不肯多找機會來跟我相聚還有些困惑，以為你只是被我們這段感情的不道德感困住了，因此你不能來找我。現在我明白了，你為了挽回跟趙婷的感情，可以一直不跟我見面，根本上我跟趙婷比起來，我是次要的。」

傅華從來時的興奮中冷靜了下來，他央求著說：「是我做的不好，曉菲，你原諒我吧。」

曉菲搖了搖頭，說：「傅華，這沒什麼做的好不好的，你忠於自己的感情也沒什麼不對的。只是我可以容忍你心中有我的同時也有趙婷的存在，可是我卻無法容忍她在你心中比我還重要。」

傅華痛苦地說：「曉菲，你究竟是什麼意思啊？」

曉菲苦笑了一下，說：「既然是一段迷思，人總有醒的時候，我告訴你這些的意思，是說我們之間的那段感情已經過去了，今後我們還是做朋友吧。」

傅華有些不捨，將曉菲攬進了懷裏，說：「曉菲，我知道我以前對你不夠好，今後我會加倍補償你好嗎？你不要對我這樣子。」

傅華說著就低頭去吻曉菲，想用熱吻再次去打動曉菲，卻發現曉菲一點回應的意思都沒有，他懷抱的再也不是那個風情萬種的女人，幾乎像抱著一塊木頭，他僵住了，隨即放開了。

曉菲說：「傅華，我真的找不到像當初剛開始跟你在一起的那種感覺了，沒有那種感覺，我們在一起也沒什麼意思，有些事情過去了就過去了，還是讓我們大家都放手吧。」

海川，金達辦公室。

穆廣來跟金達做工作彙報，彙報完之後，金達問穆廣：「穆副市長，上次雲龍公司的事情，你跟陳鵬說了沒有？」

穆廣說：「我跟他說了，讓他妥善處理一下，不要釀成群眾事件。後來雲龍公司給了白灘村一些補償，雙方現在已經達成和解，事情已經解決了。」

金達說：「是真的嗎？那怎麼傅華還來找我呢？」

穆廣說：「這我就不太清楚了，但我可以確信雲龍公司確實對白灘村作出了一定的補償，事情算是得到了很圓滿的解決。」

金達點了點頭，說：「那就好。再是你跟陳鵬說一聲，讓那個雲龍公司不要那麼招搖，低調一點。」

穆廣問說：「怎麼了嗎？」

金達說：「他們應該知道某些事情可能是違規的，不要鬧得路人皆知，那樣子我們政府這邊就不好做了。」

穆廣說：「怎麼回事啊？誰又說什麼了？」

金達說：「于捷副書記說，有人向他反映說雲龍公司在建高爾夫球場，希望我們政府不要用違規換取發展。」

穆廣叫說：「這個于副書記，他哪知道我們政府的難處啊，說幾句話倒容易，他有什麼發展經濟的高招可以教給我們嗎？」

金達說：「當時是叫我頂回去了，不過這個雲龍公司也是的，什麼事情還沒做就鬧得滿城風雨，這幫人做事也太不謹慎了。」

穆廣說：「這倒也是，我回頭說說陳鵬，讓他們在海平區注意一下形象。」

金達嘆了口氣，說：「現在上上下下都在盯著我們，我們既要發展好經濟，還要注意不能觸到紅線，難啊。」

「那個于副書記還說什麼別的了嗎？」穆廣問。

金達說：「他還提到了原來保稅區的那片工業園區，說我們給入駐企業的優惠太大，違背了國家的有關規定。」

穆廣火大地說：「他懂什麼啊？沒那些優惠，誰會入住我們的工業園區啊。金市長，我看這于副書記根本就是在針對我們政府，他想幹什麼啊？」

金達說：「也不能這麼說，于捷副書記指出的地方，我們政府是有些做的不盡完美之處。哎，穆副市長，我現在覺得做這個海川市長真不如我在省裏做政策研究時輕鬆。」

穆廣笑了，說：「如果金市長留在省政府做政策研究，我們海川市又怎麼能有這樣一位有魄力的市長呢？您之所以感到不輕鬆，是因為您扛起了別人不敢扛的責任。有時候是這樣的，真正在做事的人往往會受那些不做事的人種種責難，所以像金市長這樣肯做事的人才會覺得很累。」

金達知道穆廣這是在拍自己的馬屁，不過穆廣的話也確實說到了他的心坎上，這馬屁十分受用，於是笑了笑說：「老穆啊，你就別來捧我了。」

穆廣說：「金市長，我這不是在捧你，實際上，我跟你有一樣的心境，我也很想做出一番成績來，在縣裏的時候就受到很多人的詬病，因此看到你現在的情形便感同身受。」

金達感激地說：「老穆，謝謝你理解我，我現在覺得省裏安排你來跟我搭這個班子真是太合適了。既然你我都想在海川做出一番成績來，那就讓我們共同努力吧。」

穆廣笑著說：「只要金市長你有建設好海川的決心，我一定盡心盡力的輔助你達成的。」

金達看看穆廣，點了點頭，他真心的認為這個穆廣將會是自己一個很好的助手。

第八章

低潮期

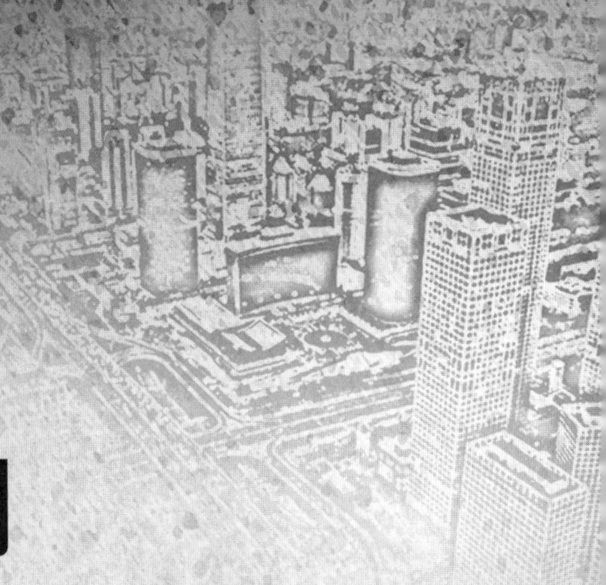

自己是睜一隻眼閉一隻眼，還是繼續向金達反映呢？
想到這些，傅華心裏就悶悶的，
他有些後悔輕易就對錢總做下不跟他為難的承諾。
自己最近這段時間是怎麼啦？難道真的進入了什麼人生的低潮期了嗎？

出了金達的辦公室，穆廣的手機響了起來，是錢總打來的，問穆廣有沒有空，他想要過來辦公室坐一坐。穆廣就讓他過來了。

錢總到了辦公室，就對穆廣說：「穆副市長，我擺平了白灘村，您還滿意吧？」

穆廣說：「你想要我說什麼？滿意？還是不滿意？」

錢總笑笑說：「當然是希望說滿意了，這一次我可是費了不少周折，花了不少錢啊。那個村長張允，我還專門花了大錢雇他的小兒子給我們幹活，他這才不鬧事了。」

穆廣說：「這件事情呢，你做的還算不錯，起碼這方面我可以跟金達交代過去了。」

錢總有些失落地說：「只是不錯嗎？」

穆廣說：「你還想讓我說你表現很好嗎？你不覺得你這次建高爾夫球場鬧的動靜有點大嗎？你知道嗎，這件事情連市委副書記于捷都知道了，還為這件事情專門找了金達。」

錢總不以為意地說：「他知道就知道嘛，我們高爾夫球場反正早晚是要正式營業的，于副書記既然知道了，要不要到時候送他一張會員卡啊？」

穆廣忍不住說：「你想什麼呢？是不是每一個幹部你都想拉攏啊？」

錢總說：「那倒不是。」

穆廣訓斥說：「你也知道高爾夫球場是違規的，你搞得這麼招搖幹什麼？唯恐事情不鬧大是不是？」

錢總低下了頭，說：「那倒不是。」

穆廣說：「我告訴你，你最好回去約束好你們雲龍公司那些職員的嘴，不准再對外說你們在建什麼高爾夫球場，旅遊休閒度假區就是旅遊休閒度假區，你們再胡說八道，我先讓陳鵬停了你們的項目再說。」

錢總立即點點頭，說：「我知道了。」

「你今天來找我幹什麼？」穆廣問道。

「也沒什麼，算了。」錢總訕訕地說。

穆廣說：「怎麼，老錢，我說了你，你跟我賭氣是吧？我說你是不想你出事，你出了事，大家都不好過，知道嗎？」

錢總笑說：「不是啦，我原本是想把我們處理白灘村的事情跟你彙報一下，想向你表表功。然後呢，我們這一次處理白灘村的事情也花了不少的錢，這本不應該是我們雲龍公司的事，是海平區給白灘村的徵地補償費不夠才引發的，因此呢，我覺得都由我們雲龍公司出這筆錢，似乎有點不太公道，就想找你看看能不能幫我們公司找補一下。」

穆廣聽了，皺著眉頭說：「那你想怎麼找補啊？」

錢總說：「你看能不能跟陳區長說一說，把徵地費給我們減免一點。我們這個項目他們賺了很多錢，為了解決白灘村這個麻煩，也該出點血才對。」

穆廣想了想說：「這個你說的也有道理，回頭我幫你跟陳鵬說說，讓他們適當的幫你們減免一下。」

錢總高興地說：「謝謝穆副市長了。」

穆廣笑了笑說：「你看，事情這麼解決不是很完滿嗎？你非要跟白灘村的村民動手動腳的，鬧得沸沸揚揚的。」

錢總忙說：「那是，那是。」

穆廣又交代說：「以後你還要在白灘村那裏好長一段時間，你給我記住了，什麼事情能動腦子能用錢解決的，就不准給我用暴力，你看你把好好一件事給鬧的，到現在那個傅華還在跟金達追問這件事情。」

錢總看了穆廣一眼，說：「你是說，這件事情是傅華跟金達反映的？」

穆廣點點頭，說：「是，我側面瞭解了一下，那個白灘村的村長張允似乎跟傅華交情還不錯。」

錢總抱怨說：「這個傅華是怎麼回事啊？我記得那次我跟你去駐京辦的時候，我對他挺客氣的，沒想到他竟然在背後捅我刀子。」

「你想幹什麼？別給我惹事啊。這件事就算傅華不跟金達說，別的人也會跟金達說的。」穆廣警告著。

錢總說：「我沒想惹事啦，只是對傅華這麼做有點不滿罷了。」

穆廣說：「最好是這樣，我跟你說，傅華這個人在金達心目中還是很重要的，如果動了他，說不定金達會對你們公司改變態度，你聰明的話，就不要去招惹他。」

錢總說：「我明白的。」

穆廣又說：「再是，你沒事也別老過來市政府這邊找我，如果被金達撞到，他會對我們的關係有所懷疑的，今後有什麼事情你找關蓮就好，她會把你的事情轉告給我的。」

錢總點點頭說：「好，我知道了。」

錢總離開後，穆廣就撥通了陳鵬的電話。

陳鵬接了電話，趕忙道：「穆副市長，您找我有什麼指示？」

「小陳啊，我不是讓你對雲龍公司的事情多上上心嗎？」穆廣一來就問。

陳鵬愣了一下，隨即解釋說：「穆副市長，我們區上對雲龍公司的事情都很上心啊，我們什麼地方有失誤了嗎？」

穆廣說：「那前段時間白灘村村民鬧事是怎麼回事啊？」

陳鵬說：「是這麼回事，白灘村的人嫌徵地的補償低了些，就有些不滿。不過最後雲龍公司給了他們村一些補償，這件事情已經解決了。」

穆廣說：「這我知道，雲龍公司的錢總剛跟我講了，不過，他對你們海平區政府很不滿意啊，說是你們給白灘村的村民補償太低才造成這種局面的。現在鬧出了麻煩，還要雲龍公司再承擔這筆損失，似乎很不公道啊。小陳啊，你知道的，現在招商環境是很重要的，你讓雲龍公司這種投資很大的客商蒙受這種不應該蒙受的損失，對你們海平區的招商環境的評價會是很負面的。」

陳鵬乾笑了一下，說：「是，穆副市長你批評的是。我們會改善的。」

穆廣說：「雲龍公司這次主動再拿錢出來給白灘村，也是不想把事情鬧大，是為了你們海平區政府在維持局面，所以呢，你也別空口說什麼改善了，是不是給予雲龍公司一定實際意義上的回饋啊，否則的話，再有類似的事件，客商們可就沒有義務幫你們解決了。」

陳鵬聽了，立刻說：「是，穆副市長您說得對，不知道您覺得我們做些什麼改善好呢？」

穆廣說：「叫我看嘛，你們區政府這一次收他們的地價款有點多了，適當的減免一點好了。這只是我個人的一點小建議，你不一定要照著做啊。」

陳鵬笑笑說：「穆副市長這個建議太好了，我們區政府一定會認真考慮的。」

穆廣說：「這就對了嘛。小陳啊，人家客商來我們海平區投資已經很不容易了，你再讓他們蒙受那些不應該的損失可就太不應該了。你要知道，引進一個客商不容易，可趕走一個客商卻是幾分鐘的事。客商如果都被你們趕走了，海平的經濟還要怎麼發展啊？」

陳鵬立即說：「我知道，我知道，我會儘快安排這件事情的。」

晚上，穆廣去了關蓮那裏，一番顛鸞倒鳳之後，兩人喘息著偎依在一起。

穆廣對關蓮說：「誒，對了，明天你跟錢總通個電話，告訴他，陳鵬已經答應給雲龍公司減免一些徵地價款了。」

關蓮笑說：「錢總又找你幫他說情了？」

穆廣說：「是啊，我不幫他說情，陳鵬才不會理他的碴呢。」

「那我還用再跟他說別的嗎？」關蓮問。

穆廣說：「不用了，老錢這傢伙是人精，他自己知道怎麼去做的。」

關蓮說：「好的。對了，今天有一個叫葉富的人到公司去，說是有點事情想要我的公司幫他謀劃一下。」

關蓮的諮詢公司在海川設了一個聯絡點，方便她承接海川的業務，實際上，她也只有海川這邊有業務。

穆廣說：「你說葉富這傢伙找你？」

關蓮說：「對啊，他的名片上說自己是海川富業房地產公司的老總，怎麼了哥哥，你笑什麼？」

穆廣說：「這傢伙是海川最有名的吝嗇鬼，一毛不拔，你知道嗎，有一次他在飯店裏請客吃餃子，一個客人的餃子沒夾得住，掉到了地上，那個客人想說掉了就算了，可是這個葉富竟趕忙撿起來用水沖了沖就直接吃掉了，把客人們都看呆了。他找你有什麼事情啊？」

關蓮說：「他跟我說，他買了一塊工業用地，現在有些砸手裏了，想讓我看看能不能幫他想個辦法，把這個難題給解決了。」

穆廣沉吟了一會兒，然後說：「這傢伙嗅覺倒靈敏。」

關蓮有些莫名其妙，看著穆廣問道：「哥哥，你這是什麼意思啊？什麼嗅覺靈敏啊？」

穆廣說：「明眼人一看就知道你的諮詢公司只是一個空架子而已，他買了一塊工業用地找你的公司有什麼用？你能幫他解決個屁啊？這傢伙肯定是從什麼管道知道你跟我的關係了，想通過你找我幫他解決這個麻煩。」

關蓮笑了，說：「原來是這樣啊，我說那傢伙進了公司就四處亂看，又問東問西的，很像一個探子。」

穆廣說：「他那是不能確信你跟我之間的關係，因此想先打探清楚。你怎麼回覆他的？」

關蓮說：「我跟他不認識，所以就沒敢給他確實的答覆，我只告訴他，可以把資料留下來，等我們研究完之後再給他答覆。我就是準備把情況跟哥哥你說一下，看哥哥你決定要怎麼去做。」

穆廣滿意地說：「你應對的很好，再有像這種找上門來的不明情況的人，你就先這麼應付他。等跟我商量了之後，再去答覆他要怎麼做。我對海川的商界很熟悉，知道什麼樣的人可以接洽，什麼樣的人應該予以拒絕。這樣也能確保你和我的安全。」

關蓮聽了，很得意地說：「哥哥，這麼說我做對了，我夠聰明吧？」

穆廣在關蓮臉龐狠狠親了一口，笑說：「聰明，不愧是我的好寶貝。」

關蓮又說：「那我回頭再怎麼回覆葉富，是回絕他，還是答應他呢？」

穆廣說：「這個葉富很懂做事的方式，他肯定明白我設這個公司真實的意圖，他既然按照我們設定的程序找來了，你就答應他，問他究竟想拿這塊地幹什麼，然後按照他的想法，針對這塊地做個方案出來，好好收他一大筆諮詢費。」

關蓮笑說：「你不怕這個吝嗇鬼不肯出這筆諮詢費嗎？」

穆廣說：「我們可以先收錢，他給了錢我們再辦事。我相信他如果夠精明的話，一定會老老實實的把錢送上門來的。」

「真的假的？」關蓮一臉不信地說。

穆廣笑笑說：「這個葉富是個聰明的人，他知道什麼時候該吝嗇，什麼時候該大方，不然他也不會累積起上千萬的財富來的。他來找你，就是知道可以在你這兒找到解決問題的辦法，否則也不會貿然登門的。寶貝，這算是第一個真正自己送上門來的生意，你就準備大賺一筆吧。」

之前也有些商人通過關蓮跟穆廣打交道，不過那都是直接找到穆廣，然後再由穆廣介紹給關蓮認識的，作為一種掩護，算不得是關蓮自己招攬的生意。現在聽穆廣這麼說，關蓮高興地說：「這麼說，我的生意算是正式開張了？」

北京，海川大廈傅華的辦公室。

傅華正枯坐在辦公室裏，神情十分落寞。

如果說趙婷另尋新歡早在傅華意料之中的話，曉菲對他的拒絕卻實實在在的讓他感到了震驚，這也是此刻他深感落寞的原因。

他還以為自己可以跟曉菲有一個新的開始，世事真是會弄人啊。

不過，曉菲的話在傅華聽來也是有道理的，他確實是把曉菲作為了填補內心空虛的備胎，也確實從來沒把曉菲放在第一的位置上，因此傅華並不怨恨曉菲拒絕自己，只是感到意外而已。

意外過後，傅華也慢慢體會出來，其實這兩個女人，性格方面是有點相似的，而自己在這兩個人面前都是處於一種被動的地位。

趙婷和曉菲都是很強勢的女人，雖然她們跟自己在一起的時候也曾經小鳥依人，可是從頭至尾，在跟自己的關係當中，這兩個女人都是處於主導地位，她們想要自己的時候，可以捨棄一切代價，甚至自尊；當她們不想要自己的時候，馬上就可以轉身而去，將自己棄若敝屣，完全不顧慮自己的感受。

想明白這一點，傅華不禁苦笑了一下，心想我這算是什麼？她們的玩具嗎？女人啊，還真是令人捉摸不透，希望以後不要再去招惹到像這兩個女人一樣強勢的女人了。

這也讓傅華感到了釋然，原本曉菲拒絕他時，他還認為自己又辜負了一個女人，一直考慮要不要將曉菲追求回來，現在他覺得，彼此放手也許是這段感情最好的結局。

正在傅華胡思亂想之際，門被敲響了，傅華喊了一聲進來，雲龍公司的錢總推開門走了進來。

傅華沒想到來人竟然是錢總，有些意外地站了起來，說：「錢總什麼時間到北京來了？」

錢總跟傅華握了握手，說：「剛到，這幾天準備住在海川大廈，就先過來看看傅主任了。」

傅華跟錢總雖然認識，卻只是因為上一次錢總跟著穆廣一起進京的緣故，彼此並沒有什麼互動，便以為錢總是想來找自己安排住宿的房間的，他覺得看在穆廣的面子上，也是應該給錢總安排的，就笑了笑說：

「錢總還沒安排好房間吧，我給下面櫃台打個電話，讓他們給你安排。」

錢總說：「這個就不用麻煩傅主任了，我的助理正在登記房間呢。我是想上來看看傅主任的。」

傅華看了看錢總，他和錢總之間似乎並沒有這種特別會來看望的交情，心中就懷疑錢總是為了別的事情而來。難道他是因為自己向金達反映白灘村的事來興師問罪的？不過看上去也不像，錢總臉上一片祥和，還真像專門來找自己話家常的。

傅華便笑了笑說：「錢總，這一次進京是為了什麼大買賣啊？」

錢總說：「是為了公司的一些事情，進京來拜訪幾個朋友，都是些麻煩事，不是什麼大買賣。」

傅華客套著說：「不過，錢總在海川的生意卻是越做越大啊。」

錢總笑笑說：「那是穆副市長非要我去海川發展的，彼此都是老朋友了，不好推辭，只好弄點項目過去充充數。」

傅華說：「五億的項目在錢總來說只是充充數，你還真是財大氣粗啊。」

錢總笑了起來，說：「傅主任是在笑話我吧？五億在普通人眼中也許是一個了不得的數字，在你這個通匯集團的駙馬爺眼中，應該是不值一提的。」

傅華開玩笑說：「看來錢總摸過我的底細啊，不過你的資訊要更新啦，我已經不是通匯集團的駙馬爺了。」

錢總笑笑說：「反正傅主任是見過世面的，不會為了我的五億投資而感到驚訝。誒，傅主任對我處理我們公司跟白灘村的爭執還算滿意吧？」

錢總果然是為了白灘村的事情而來，傅華有些困惑，事情不是都解決了嗎？風波也被壓了下去，這傢伙還來找自己幹什麼？

傅華便說：「錢總真是會說笑，我傅華算是什麼人啊？這件事情輪得到我滿意嗎？」

錢總說：「傅主任，你就別在我面前裝了，公司的人不知道傅主任跟白灘村村長張允關係那麼密切，所以做事就有些莽撞，不過，我們知道後便做了一些彌補。」

傅華說：「我跟張允確實私交不錯，錢總，你手段很高超啊，把工作做到了張允小兒子的身上，讓他再說不出什麼來，我很佩服啊。」

錢總笑了笑說：「傅主任滿意就好，你知道我們這些做生意的要想做成一點事情，難啊，就說白灘村這塊地吧，我們明明按照市價付了地款，可是海平區政府偏偏壓低了給農民的徵地補償價格，結果惹出這麼多事情來，還讓傅主任也跟著生氣了。」

傅華笑笑說：「我本是局外人，根本就沒什麼滿意不滿意的。」

錢總說：「可是傅主任跟上面的關係不錯啊，你看你跟金達市長把情況一反映，我們公司就得費事費錢來滅火。」

傅華聽了，說：「我現在才弄明白錢總你今天的來意，你是來興師問罪的嗎？」

錢總搖了搖頭，說：「傅主任，說起來我們很早就認識啦，應該算是朋友了吧？我今天來並沒有什麼興師問罪的意思，只是覺得我們既然是朋友，原本可以直接溝通的，沒必要非要通過上面吧？你這一通過上面，我很多事情都不好處理的。」

傅華看了錢總一眼，說：「其實錢總，你應該慶幸我把這件事情反映給了金達市長，原本白灘村是準備把事情鬧大的，是我感覺這樣不妥，才把情況報告給金達市長。你想一想，如果這件事鬧大了，那將是一個什麼局面。」

錢總說：「這麼說我還應該感謝傅主任了？」

傅華說：「我沒這個意思，可是我也希望錢總你做事能慎重一點，暴力是解決不了問題的。」

錢總說：「這點我倒是真的受教了，這一次我們確實有做得不太好的地方，我來呢，也沒什麼惡意，只是希望傅主任能把我當做一個朋友，再有關於雲龍公司的事情，我希望能夠在我們之間溝通解決就好，不要再驚動市政府方面了。」

傅華心想，原來這傢伙是為了這個而來的，他不知道為了雲龍公司的事，自己已經遭到金達的批評了嗎？自己就算是想關心，可也得有人肯聽啊。

不過錢總這麼說，讓傅華多少感到一些欣慰，原本他以為金達之所以那麼維護錢總，是錢總對金達做了一些擺平的工作，金達才對錢總的違規行為視而不見的，現在看來，錢總似乎並不能完全掌控住金達，對金達還是心存畏懼的。

這讓傅華鬆了一口氣，金達畢竟還沒有完全跟徐正一樣，起碼他還沒有腐化到跟錢總這類的商人同流合污。

傅華笑了笑說：「錢總，我覺得你有點高看我了，我可不是你解決問題的關鍵。」

錢總笑笑說：「傅主任，你也別推辭，你跟金達市長的友誼可是海川政壇上無人不知的，放心吧，我這個人是很記得別人對我的好的，傅主任，只要你遇事能幫我們雲龍公司多說說話，我會有所報答的。」

傅華明白這傢伙是想收買自己，他不想跟錢總硬著來，這個錢總背後還站著副市長穆廣，而穆廣目前看來也絕非一個好對付的人物，更何況，他也沒有干預雲龍公司項目的立場，便笑了笑說：

「錢總，你這話聽起來怪怪的，好像我會故意跟你為難的意思，我先聲明啊，我這個駐京辦本就是海川招商的前線，對每一個來海川投資的客商，我都是大力支持的，可沒有絲毫跟你們為難的意思。」

傅華已經表態說沒有跟錢總為難的意思，錢總覺得自己算是達到了目的，便說：「那我就謝謝傅主任了。誒，對了，晚上你有什麼安排嗎？如果沒有的話，我們一起找個地方放鬆一下。」

傅華明白商人說放鬆其實是包含著什麼內容的，便推辭說：「我晚上還約了朋友，不好意思，就不能奉陪了。」

錢總有些失望，他是想把傅華弄成跟穆廣一樣可以跟自己同吃同玩的親密朋友，只有那樣他才會徹底相信傅華，不過眼下看來是不太可能啦。

錢總便笑了笑說：「那改天吧，我先下去了。」

傅華便說了聲好好休息，將錢總送走了。

送走錢總之後，傅華若有所思，這個錢總為什麼要找上門來跟自己說這番話呢，明明他建高爾夫球場的事情已經得到了市裏面的默許，他還需要得到自己的認可嗎？還是他的違規行為不止高爾夫球場這麼簡單，後面還有其他見不得光的行徑？

如果錢總真的還有其他什麼違規的事，那自己要怎麼辦呢？是睜一隻眼閉一隻眼，還是繼續向金達反映呢？不知道那時候金達會有什麼反應？

想到這些，傅華心裏就悶悶的，他有些後悔輕易就對錢總做下不跟他為難的承諾。自己最近這段時間是怎麼啦？怎麼老是進退失據呢？難道真的進入了什麼人生的低潮期了嗎？

海川，在關蓮租用的辦公室裏。

關蓮看著應約而來的葉富心裏暗自好笑，她又想起了穆廣跟她說的葉富將掉到地上的餃子撿起來吃掉的故事，別說，眼前葉富的這副打扮還真是像一個吝嗇鬼的樣子，他穿著一身很不得體的西裝，看得有點大，顏色也太嫩，顯得太年輕，根本與他五十多歲的年紀不太相符。

關蓮心中猜測，這件衣服大概不知道是葉富什麼朋友送給他的吧，反正不會是他自己買的，買的衣服絕不會這麼不合身。

關蓮便笑了笑說：「葉總啊，你這身打扮可真夠新潮的，就像一個三十歲左右的年輕人啊。」

葉富不好意思的說：「被關經理看出來了，這是我撿兒子不要的衣服，那個小兔崽子，這麼好的衣服就想扔掉，真是浪費。」

關蓮訝異的說：「您說您這是撿兒子的衣服？」

葉富笑著點了點頭，說：「是啊，那個小兔崽子說這件衣服過時了，不想要了。我看了看，比我平常穿的衣服好多了，穿上也顯得年輕，就穿來見關經理了。」

關蓮強壓住自己的笑意，說：「是，葉總穿著還真是顯得年輕。」

葉富高興地說：「關經理也這麼認為啊，我就說嘛，這麼好的衣服幹嘛扔掉呢？」

關蓮好奇說：「我有些不太明白，葉總，你的富業房地產公司也算是一家有錢的公司啦，為什麼你還要撿你兒子的衣服穿啊？你賺那麼多錢留著要幹什麼啊？」

葉富笑笑說：「我不省點用，我家的小兔崽子又怎麼可以這麼浪費呢，他有個好爸爸，可以賺錢給他用，我就沒這麼好運氣了，我爸爸只是一個農民，我什麼都得靠自己。」

關蓮心說這傢伙也是一個有趣的人物，便說：「這倒是，誒，葉總，今天找你來呢，是想問一下，你想拿那塊工業用地做什麼用？」

葉富笑了笑說：「這就要請教關經理了，你覺得這塊地怎麼用才能賺到最多的錢呢？」

關蓮看葉富不肯說明他的打算，知道他是在試探自己，便說：「不管怎麼樣，葉總心中總有自己的打算吧？你說說，我看看能不能幫你。」

葉富說：「這是塊工業用地，可是用來建廠房什麼的就有點浪費了，如果能用來建設住宅就好了。」

關蓮聽了說：「葉總應該知道，這可是要改變土地用途性質的，工業用地是不能用來建住宅的。」

葉富笑笑說：「我當然知道，不過也不是完全不可能，是吧？」

關蓮說：「那葉總想要幹什麼？」

葉富反問：「那就看關經理能做什麼了。」

關蓮說：「如果我能做到你想要的呢？」

葉富笑笑說：「我來找關經理，就是覺得關經理能做到我想要的。」

關蓮說：「那問題就簡單了，不知道葉總願意為此付出多少價錢呢？」

「價錢需要關小姐開吧？」葉富說。

關蓮心中並沒有一個確定的價錢，便說：「這要等我們公司研究一下才行。」

葉富知道關蓮只是臺面上的人物，真正說了算的是她背後的人物，便笑笑說：「那我等你們。」

「不過，這件事情可能需要葉總先付錢，葉總這麼節省，我們可怕葉總將來捨不得，不肯付錢。」關蓮又說。

葉富笑了起來，說：「關經理真是小看我了，我還是知道什麼錢是該付，不能省的。」

關蓮點點頭說：「那葉總就先回去，等我們確定了價錢，我們再來探討好不好？」

「那我就回去等關經理的好消息。」

葉富就走了，這人從頭到尾也沒問關蓮要怎麼樣去辦到他想要的東西，似乎一點也不擔心關蓮辦不成這件事情，這讓關蓮對他的魄力也有些佩服。

穆廣聽完關蓮的敘述，笑說：「葉富這傢伙也太精明了。那塊工業用地地處市中心，如果改成住宅用地，地價將會變成原來的三倍，光這塊他就會有幾千萬到手，更別說建成住宅比建成廠房增加的利潤了。這種變更是能給他帶來暴利的，難怪他會冒險找到你。」

關蓮說：「這裏面有這麼大的好處啊？我還以為他找我就是幾百萬的事情呢。」

穆廣點了點頭，說：「這裏面的差別大了，要不然這傢伙也不會費這麼大的周折找你來辦這件事情。只是這傢伙是從哪裡知道你跟我的關係的呢？這有點令人費解。」

關蓮不在意地說：「這社會還有不透風的牆嗎？這段時間我多多少少也幫了你一些事情，難免讓這老傢伙從中嗅到了什麼氣味。」

穆廣對葉富來找關蓮多少還有些疑慮，便說：「葉富找你提這麼難辦的要求，就是肯定知道了你背後是我，如果不弄清楚來龍去脈，我擔心這裏面會不會有什麼麻煩。」

關蓮卻對這筆生意很有興趣，幾千萬對她來說是一筆天文數字，如果能幫葉富辦成這件事情，少說可以賺得幾百萬，她的心早就被這麼多數字鬧得癢癢的，怎麼肯就此善罷甘休呢，便說：

「這不中間還有我嗎？如果真有什麼麻煩，我就說是我胡亂吹牛騙他的而已，到時候終止交易就是了。真要有什麼責任，也是由我來承擔，也找不到你頭上的。」

穆廣想了想，當初他設計關蓮這道屏障，就是為了跟想通過他辦事的人形成一個緩衝的安全帶，反正自己沒有直接接觸到葉富，真有麻煩，自己完全可以推說是關蓮一個人打著自己的旗號去做的，而自己完全不知情。便笑了笑說：

「既然這樣，那你就答應他吧。」

關蓮眼看錢就快要到手了，心中有些得意，可是要賺葉富多少錢呢？她心中還真沒有一個明確的數字，就問穆廣說：「那哥哥覺得收他多少錢比較合適呢？」

穆廣想了想，說：「你讓他拿一千五百萬來，只要他拿出一千五百萬，就能幫他把這件事情辦成。」

關蓮沒想到穆廣竟然開出一千五百萬的價碼來，驚訝的說：「一千五百萬，這麼多啊？葉富那麼吝嗇，肯出這麼多血嗎？」

穆廣扭了一下關蓮的臉蛋，說：「寶貝，你別覺得這一千五百萬多，葉富這一筆還不知道賺幾個一千五百萬呢。」

關蓮說：「那我們這一下子不就成千萬富翁了嗎？」

穆廣笑著說：「看你那點志氣，千萬富翁就把你嚇住了，我跟你說，跟著我，不要說千萬富翁了，億萬富翁我也能讓你做到。」

關蓮又問：「那這錢要怎麼付呢？」

穆廣說：「先付一千萬吧，辦成了再付另外五百萬，辦不成，這一千萬就退還給他。」

當葉富聽關蓮開價一千五百萬，沉吟了一會兒，沒有說話。

關蓮看葉富半天不說話，心裏就有些慌亂，她心中覺得這一千五百萬是有點高的，她怕失去葉富這個客戶，就有點想降價的意思，可是穆廣並沒有跟她說可以討價還價，更沒有跟她說可以降多少，因此就有些遲疑。

終於，關蓮沉不住氣了，她覺得該降價了，便開口說：「葉總……」

關蓮話剛出口，葉富也說話了：「關經理……」

兩人同時停了下來，葉富說：「關經理，你先說。」

關蓮很機警，知道葉富是有了決定，便想先聽聽葉富的想法，葉富如果不同意這個價格，她再降價也不遲，於是說：「葉總，這個價格是經過嚴格測算的，已經很公平了。如果你不能接受，我們這件事情就不能辦了，你另找別人吧。」

葉富笑了笑說：「我不是不接受，我只是想跟關經理確認一下，我想將這塊土地從工業用地變更為住宅建設用地，這個關經理確信能辦到嗎？」

關蓮心說：還好我沒把降價的話說出來，不然的話可就要少賺五百萬呢。實際上，關蓮的心理底價是一千萬，她準備如果葉富不接受，她就將價格降到一千萬，此刻她心裏正慶幸著幸虧自己說話慢。

關蓮說：「葉總，我想如果我沒辦到這件事情的能力，你大概也不會跟我坐在這裏談吧？」

葉富會找關蓮，也是事先做了一番調查工作的，基本上，他已經可以確信關蓮跟穆廣之間的關係，關蓮答應他，也就等於是穆廣答應了他，否則諒這個女人也不敢開口跟自己要一千五百萬。

這一千五百萬可不是個小數目，就算對他來說，也是需要經過一番思量的，更何況眼前這個柔弱的女子敢這麼獅子大張口，肯定是後面有這麼做的底氣。

葉富笑了笑說：「這倒顯得我小家子氣了，好，我同意這個價格。」

關蓮心裏樂開了花，見一千五百萬就這麼輕易到手，以前賺一千五百塊都很難，現在賺一千五百萬卻只是一張嘴，一下就做到了，還真是會賺錢的不辛苦，不會賺錢，累死也賺不到錢啊。

關蓮臉上卻沒有顯露出她的開心，現在的問題就是如何支付這筆錢的問題啦，所以還不能太得意，只有錢到手了，才能真正的開心。

關蓮說：「葉總，我記得上次說過，這錢需要葉總先付的，我們打算……」

葉富打斷了關蓮的話，說：「沒問題，關經理，你把貴公司的帳號給我，我馬上將錢匯過來，你覺得我這樣算是夠有誠意了嗎？」

關蓮驚喜的說：「真的嗎？」

葉富說：「我葉富這個人別的好處沒有，可做生意向來講究承諾，一言既出，從不反悔。」

關蓮就把公司帳號給了葉富，幾天之後，一千五百萬真的就到帳了，關蓮看著銀行對帳單上自己帳戶多出來的這一千五百萬，簡直不敢置信。

穆廣見這一千五百萬到帳，也是十分的驚訝，他沒想到葉富還真是有魄力，原本一個出了名的吝嗇鬼，什麼事情都沒做他就敢匯一千五百萬過來，這要下多大的決心啊，這讓穆廣已經見識到了葉富的精明和果斷。

穆廣便覺得葉富這個人很值得一交，就連錢總這個跟自己相交多年的老朋友也沒有像葉富這樣一擲千萬的大方。

同時，穆廣也想跟本地發展起來的商人建立一些必要的聯繫，錢總是他從外地帶過來的，總給人一種不接地氣的感覺，穆廣本身也是一個外來者，如果僅僅是依靠錢總，他是沒辦法跟海川一些本土勢力建立良好的關係的，而跟葉富這樣的本土商人建立好關係，便可以讓穆廣在本地商圈建立起自己的人脈。

這是一個雙方都互相需要的互利關係，穆廣就讓關蓮約葉富一起吃飯，也給葉富一個定心丸吃。

第九章

天生一對

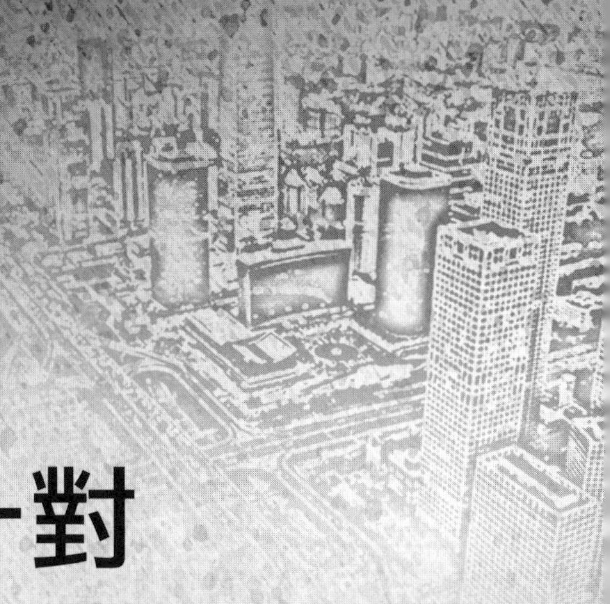

丁益說：「我在一次聚會上跟她跳了一次舞，當時我們舞步配合得美妙極了，那種感覺就像我們天生就該是一對一樣。」

傅華聽了，不禁笑說：「老弟啊，我還是第一次見你這種對女人神往的表情啊，看來你真是動心了。」

葉富應約而至。

關蓮和葉富相談甚歡的時候，關蓮接到了一個電話。邊講電話時，關蓮問葉富說：「葉總，我有一個朋友要過來，歡迎嗎？」

葉富笑了笑說：「關經理的朋友我怎麼會不歡迎啊？」

關蓮就對電話那頭說：「你過來吧，我們在××酒家。」就掛了電話。

葉富問道：「什麼樣的朋友啊？」

關蓮終於說了出來：「就是穆廣副市長啦，他是我父親的一個老朋友，我這不是跟葉總做成了一筆生意很高興嗎，就忍不住告訴了他，他對我能做成這筆生意也替我高興，就說要找時間給我慶祝，沒想到正趕在這個時間點上有空，幸好葉總不介意，不然我還真不好辦呢。」

葉富心說這背後的人物終於要出面了，看來自己賭這一局還真是賭對了。

葉富立即說：「穆副市長要來，我高興還來不及呢，又怎麼會介意呢？倒是這些菜肴我們都動了筷了，再讓穆副市長來吃，是不是不太好啊，要不重新再上些菜吧。」

關蓮笑笑說：「沒事的，葉總，我穆叔叔一向很隨和的，不需要的。」

兩人正在爭執時，穆廣來了。

葉富看到穆廣，連忙站了起來，兩人在一些場合上是見過面的，雖然不很熟悉，可彼此也有點頭之交。

葉富說：「您好，穆副市長。」

穆廣熱情地跟葉富握了握手，笑著說：「原來是富業房產的葉總啊，小關跟我說，她跟海川一家公司做成了一筆大生意，沒想到會是葉總。小關啊，葉總是我們海川市有名的企業家，經營有道，把富業房產的業務做得風生水起，是我們海川的風雲企業啊。你能跟他合作，是你找了一個好的合作夥伴啊。」

葉富有些不好意思的說：「穆副市長真是太誇獎我了，我的富業房產在海川還算不上什麼有名的企業，天和房產、雲龍公司那樣的企業才真是海川的風雲企業。」

穆廣看了看葉富，他對葉富提到雲龍公司有些敏感，這個老傢伙是不是看出自己跟雲龍公司之間的合作關係了呢？他是不是從雲龍公司那邊摸到自己跟關蓮的關係的呢？

穆廣說：「葉總真是謙虛，那是你低調而已。我們別光站著，來來，坐下來聊。」

三人就回到了飯桌旁。

葉富語帶歉意地說：「穆副市長，你看，我也不知道您要來，飯菜我們都動過了。」

穆廣也客氣地說：「葉總不需要跟我這麼客氣，我是突然闖上門來的，隨便吃點就好，你不用這麼拘束。」

葉富堅持又點了幾個新菜上來，這才甘休。

關蓮給穆廣倒上了酒，穆廣端起酒杯，說：「葉總，這杯我敬你，小關是我一個老朋友的女兒，原來在北京發展，後來她父親看她在北京的業務發展不起來，就問我海川有沒有朋友能夠幫幫她，我一看我們海川也需要一些建築方面的人才，就讓她過來試一試。沒想到會遇到葉總跟她合作，謝謝你了，有你幫著她，我也可以跟她父親交代了。」

葉富連忙說：「這怎麼好讓穆副市長敬我呢，您是我們市裡的領導，應該我先敬你才對。」

穆廣笑說：「葉總，在這兒就不要說什麼領導不領導的了，我這個人是很願意跟企業家做朋友的，社會上有些人對此還有些微詞，說什麼這是官員傍大款什麼的。可是我認為，企業家才是現今社會最可愛的人，一個成功企業家能給社會經濟發展帶來多大的幫助啊？人們的就業、科技的進步、社會整體的富裕等等，哪一樣不需要企業家的參與啊？現在已經不是那個一窮二白的年代了，我這個做副市長的就認為應該好好愛護帶動社會進步的企業家們。葉總如果認為我這個朋友值得交，就跟我好好喝了這一杯。」

葉富激動的連連點頭，說：「穆副市長，您說到我的心坎裏去了，實話說，這些年我們這些做企業的，心裏多少是有些顧慮的，好多人看到我們賺了點錢就眼紅了，說什麼的都有，今天聽到您對我們企業家這麼支持，我心裏的一塊石頭落地啦。」

穆廣笑著說：「來，我們乾了。」

關蓮也端起酒杯，說：「葉總，我跟穆叔叔一起敬你。謝謝你對我公司的支持。」

葉富高興地說：「真是不敢當，算我們互敬吧。」

三人就碰了杯，各自把酒乾了。

這杯酒下肚，氣氛就活躍了起來，葉富見到穆廣，心徹底放到肚子裏去了，他知道這次事情算是辦妥當了，不但解決了公司的一大難題，還借此攀上了穆廣這棵大樹，以後公司再辦別的事情也可以找穆廣幫忙了。

他心裏十分高興，就開始誇獎關蓮業務水準很高，他們富業房產能跟關蓮的公司合作，真是一件很幸運的事情。關蓮也回應了葉富的誇獎，稱讚葉有魄力，敢跟她這樣的新公司合作這麼大的一筆業務，向葉富保證自己一定把事情辦得讓他滿意。

三人不一會兒就喝得面酣耳赤，熟悉的像多年的老朋友一樣了。

酒宴結束時，穆廣拉著葉富的手說：「葉總啊，我這個副市長擔負著發展海川經濟的重任，而經濟要發展是離不開你們這些成功的企業家的。以後呢，你們富業房產如果有什麼事情需要我幫忙，儘管找小關跟我說，只要合理合法的我都會幫忙的。」

葉富激動的說：「謝謝穆副市長對我們這些做企業的重視，我們一定會努力，為發展海川經濟盡一份力量。」

穆廣拍了拍葉富的肩膀，說：「好，就讓我們共同努力吧。」穆廣就上車離開了。

留在後面的葉富看了看關蓮，說：「關經理，你真是遇到了一個好叔叔啊。」

關蓮笑說：「穆叔叔確實對我很不錯，他是一個很肝膽的人，對朋友都很好的。」

葉富說：「這我知道。」

葉富心裏暗自好笑，這兩個人表面上說得冠冕堂皇的，可背地裏卻是明鋪暗蓋，什麼叔叔和侄女啊，看兩人在酒桌上的眼神，根本這個關蓮就是穆廣的情人，當我葉富是瞎子啊。不過這種關係對葉富是有利的，他也早就猜到了兩人是這樣一種關係，自然不會去點破。

於是富業房產就開始在關蓮的協助下辦理土地變更的審批手續，在穆廣特別的關照下，審批手續一路綠燈的進行著。

傅華接到談紅的電話，說是海川重機的重組在證監會審批時遇到了一點麻煩，讓傅華趕到頂峰證券去，商量一下下一步要如何做。

海川重機重組是金達一直在關注的案子，傅華不敢怠慢，匆忙就趕了過去。到了談紅辦公室，談紅看著傅華，說：「最近好嗎？」

傅華笑笑說：「沒什麼，還是那個樣子。」

談紅說：「我看你神態輕鬆了很多，是不是你老婆跟你有復合的可能了？」

傅華搖了搖頭，說：「她近期就要跟別人結婚了。」

談紅看了傅華一眼，說：「看來你並不在意你老婆要嫁給別人啊？」

傅華笑笑說：「說實話，我心裏反而有輕鬆了的感覺。」

談紅不解地說：「你這個人真是有意思，當初你老婆跟你離婚的時候，你看你當時那個失魂落魄的樣子，現在你老婆要嫁人啦，你怎麼反而輕鬆了，你的心理是不是有些變態啊？」

傅華說：「這倒不是，那時候我是覺得我們還是相愛的，是因為我忽略了她，所以她才會離開我，我心中對她有一份歉疚，所以不好過。現在我已經明白根本就是她心中有了別人，才會離開我的，我並不欠她什麼，所以就輕鬆了。」

談紅聽了笑說：「你這個理由很牽強啊，說到底，你還是不那麼愛你老婆嘛，不然的話，你又怎麼肯這麼輕易就放手呢？你們這些男人啊，自己薄情寡義，還把責任都推到女人身上。」

傅華笑說：「你愛怎麼說隨便你了。誒，你找我來，不是說海川重機重組的事嗎？出了什麼問題啊？」

談紅說：「這個嘛，是這樣，目前證監會認為我們的重組方案程序上有些問題，所以就卡在那裏了。」

傅華說：「談經理，這不應該吧，你們頂峰證券可是專業的證券公司，應該很清楚相關的程序才對，怎麼會出現這樣的問題呢？」

談紅解釋說：「這不應該怪我們，以前這樣都是可以的，現在證監會突然說不行，我們也很意外。」

傅華說：「既然這樣，那趕緊跟相關部門溝通啊，潘總呢，他有沒有出面找找人啊？」

談紅說：「你先別急，我們公司正在溝通當中，我找你來，就是告訴你，這件事情出了點意外，重組的時間可能就要拖得久一些。至於潘總，他目前在深圳，有些業務上的事情需要處理。」

傅華問潘濤在哪裡，是覺得這件事情潘濤應該出面去跟賈昊溝通的，按說賈昊身在證監會，潘濤辦這件事本來是不應該出什麼問題的，就算有些小問題，有賈昊的加持，應該也不成為問題。

傅華問：「那還要多長時間？」

談紅說：「這個我就沒辦法說了，我又不是有決定權的部門。」

肯定這中間出了什麼問題，傅華心中的疑竇更加重了，不過他看出在談紅這裏是問不出什麼來的，便說：「我知道了，你這邊還有什麼事情嗎？」

談紅搖搖頭，說：「沒什麼事情了。」

傅華說：「那我回去了。」

談紅挽留說：「留下來吃午飯吧，我請你。」

傅華搖了搖頭：「還是不了。」

談紅說：「傅主任，有句話我要跟你說一下，我們公司辦這件重組案已經是盡了最大的努力了，能做的溝通都做了。」

傅華笑笑說：「我沒怪你們公司不盡力的意思。」

談紅又說：「你聽我說完，我是想說，事情進展到某種程度，可能就是需要暫停一下，所以呢，我希望傅主任能稍安勿躁，大家都停一下，事情可能很快就會有轉機。」

傅華感覺談紅似乎話中有話，看了看談紅，見談紅面色如常，好像真的只是讓自己等一下的意思，就也沒往深處想，說：「我知道了，那我回去了。」

傅華就離開頂峰證券，回到了海川大廈。

在辦公室裏，他撥電話給潘濤，他想弄明白究竟發生了什麼事情。

過了好一會兒潘濤才接通了電話，聲音很疲憊的說：「老弟啊，找我有什麼事情啊？」

傅華說：「潘總，究竟怎麼回事啊？為什麼談紅跟我說海川重機的重組出了點問題，需要暫停一下，是出了什麼問題啊？是不是被證監會卡住了？」

潘濤笑了笑，說：「老弟啊，我現在人在深圳，公司的事情我不太清楚，小談沒跟你解釋出了什麼問題嗎？」

傅華說：「她倒是解釋了，可是語焉不詳，所以我想問一問你。」

潘濤說：「我現在不在北京，詳細情況我也不清楚，我知道的還沒有小談知道的多。」

傅華又說：「我師兄那裏……」

傅華是想問賈昊那裏有沒有傳出什麼消息來，可是沒等他把話說完，潘濤就打斷了他的話，說：「老弟啊，更多的情況我也不知道，我這邊來朋友，我要掛電話了。」

沒等傅華反應，潘濤就掛了電話，留下傅華在電話這邊直發愣。

傅華想了一會兒，撥通了賈昊的電話，別人不知道證監會對海川重機重組有什麼意見，賈昊肯定是知道的。

電話通了，還沒等傅華問什麼，賈昊就說：「我在開會，回頭我再跟你聯繫。」就掛了電話。

傅華整個被悶在那裏了，他本來是想弄個明白的，卻越來越糊塗了。

傅華就等賈昊再打過來，可是午飯過了，晚飯也過了，賈昊絲毫沒有打過來的意思，讓傅華的心也等得焦躁了起來。

晚上十點，傅華都要睡覺了，家裏的座機響了起來，看看是一個很陌生的號碼，在疑惑中拿起了話筒，電話那邊卻傳來了賈昊的聲音。

賈昊歉意地說：「小師弟啊，不好意思，我今天一天都很忙，一直沒給你回電話。你找我有什麼事情嗎？」

傅華隱約覺得這次海川重機的事麻煩可能很大，便不想在電話裏說，就說：「師兄，你什麼時候有空，我們見個面吧？」

賈昊說：「不行啊，小師弟，我最近一直在外面調研，很忙的，連證監會那邊都很少回去，真的沒時間。」

傅華遲疑了一下，賈昊說他最近很少回證監會，似乎是在告訴他證監會那邊發生什麼事情他也是不知道的，這讓他把想要問的話咽回了肚子裏，便說：「那算了，反正我也沒什麼事情，等你閒下來我們再聊吧。」

賈昊說：「也好，我最近真是太忙了，事情一件接著一件，等過了這段時間吧。」就掛了電話。

傅華越發困惑，按說賈昊不可能不知道海川重機重組出了問題，因此他就應該知道自己打電話給他是為了什麼，可是他卻隻字不提海川重機，肯定他是對海川重機這件事情有所忌諱才這個樣子的。同理，談紅都知道的事情，潘濤更應該知道，他跟自己通電話卻也是含糊其辭，說明他也在回避這個問題。

究竟發生了什麼事，賈昊和潘濤是想回避什麼呢？傅華百思不得其解，按說有關海川重機的事就算現在他不知道，早晚他也是會知道的，這兩個人實在沒必要回避什麼的。

這個悶葫蘆讓傅華一夜沒睡好，早上起來，他就撥了談紅的電話。

他想到談紅昨天跟自己說的最後一句話似乎是話中有話，覺得談紅應該知情，就想再問她。

談紅接通了電話，說：「傅華，是不是你覺得自己獲得自由了，就可以這麼早打電話來啊？」

傅華笑了笑說：「不好意思，談經理，我實在是有些問題弄不明白，所以想跟你問問清楚。」

談紅說：「我覺得人有些時候還是糊塗一點好，板橋先生不是說『難得糊塗』嗎？」

傅華說：「可是被蒙在鼓裏的滋味真的是不好受，談經理能否點撥一下在下呢？」

談紅笑笑說：「我的點撥費可是很貴的。」

傅華笑了，說：「不知道談經理想要什麼？」

談紅說：「請我吃頓飯吧。」

這女人又想宰自己一刀了，不過求人辦事，也不得不挨上這一刀，傅華便說：「好啊，你選地方吧。」

談紅笑了笑說：「我本來想點個好地方，可是又一想，你現在是豪門棄夫，可能腰包沒那麼鼓了，算了，我們隨便找地方吃頓牛排就好了。」

傅華說：「再怎麼樣，請你吃頓飯的錢還是有的。」

談紅笑說：「算了吧，我們去王品吃牛排吧，有什麼事情見面聊吧。」

中午，在台塑的王品牛排店裏，傅華和談紅見了面。

各自點了一客牛排之後，談紅看了一眼傅華，說：「你是不是昨天給潘總打過電話了？」

傅華點點頭，說：「是，我本來是想找他問個明白的，可是他含糊其辭，反而更讓我糊塗了。究竟怎麼回事啊？」

談紅責備說：「我不是讓你稍安勿躁嗎？事情都還在溝通當中，你這樣四處找張找李幹什麼啊？」

傅華說：「我是想弄清楚究竟發生什麼事情了，你簡單的一句重組暫時要停下來，卻又不肯說明詳細的原因，這讓我怎麼能放得下心來啊。」

談紅說：「你這個人真是的，你這樣四處打聽，反而會把事情弄得複雜了起來，知道嗎？」

傅華叫屈說：「我也沒問太多人啊，不過就是問了潘總和我師兄而已。」

談紅說：「你還問過賈主任了？」

傅華點點頭說：「是啊，我覺得他可能更清楚發生了什麼。」

談紅說：「那賈主任告訴你什麼了？」

傅華搖了搖頭，說：「我師兄根本就沒講半個字，只說他現在很忙，連跟我見面的時間都沒有。談經理，你能不能告訴我，究竟出了什麼事情啊，為什麼這些人一個個都諱若莫深的樣子。」

談紅說：「你知不知道很多人都是被自己的好奇心害死的？」

傅華苦笑了一下，說：「就算要死，起碼你也要讓我做個明白鬼吧？反正現在就你我兩個人，出你之口，入我之耳，我不會讓別人知道的。」

談紅兩手一攤說：「怕了你了，好啦，我可以告訴你，不過，我也不知道我得到的這個消息是不是確實的。我告訴你，只是不希望你在裏面瞎摻合，害了你自己。」

傅華說：「這麼嚴重啊？」

談紅點頭說：「比你想像的更嚴重，你知道這一次你們海川重機重組的審批為什麼停了下來嗎？是因為有人向有關部門舉報了賈主任，說賈主任跟很多證券公司的老總有勾結，在公司上市、重組這些事情上有不正當的行為，尤其是我們頂峰證券的潘總跟賈主任關係最為密切，兩人合作操作了很多家公司的上市和重組。據說有關部門正在展開調查，因此有些業務的審批就暫時停了下來。」

傅華心裏咯登一下，這可比他預想的嚴重得多，他原本只想海川重機本身有什麼問題，根本沒往賈昊和潘濤身上去聯想。

如果是海川重機本身的問題，那是小問題，最壞的結果不過是證監會最後不給批准，但如果是賈昊和潘濤出了問題，可就不是這麼簡單的了。

傅華並不完全清楚賈昊和潘濤之間究竟做過什麼，可是他相信賈昊和潘濤做的事情絕對不會每一件都是合法合規的。所以有人舉報他們並不完全是空穴來風。

難怪潘濤不願意跟自己在電話裏談論海川重機的重組，因為如果談論的話，難免會提及賈昊，這會讓人將賈昊和潘濤聯繫到一起去。同樣，賈昊暗示自己他最近很少回證監會，也是不想讓自己提及海川重機的重組，並且賈昊這段時間一直在外面調研，是不是有關部門為了方便對賈昊的調查，特意把賈昊支開呢？

談紅見傅華面色凝重了起來，說：「你現在知道問題的嚴重性了吧？你還想繼續問下去嗎？」

傅華乾笑了一下，說：「我還真沒想過會這麼嚴重。」

談紅說：「不過你也別太緊張，我聽到的只是小道消息，目前潘總和賈主任還沒失去人身自由，可能事情不像傳言說的那麼嚴重。只是你近期不要再主動跟他們聯絡了，因為事情稍有不慎，就可能害人害己的。」

傅華點了點頭，說：「放心吧，我不會再四處打聽了。」

兩人就開始專心對付起牛排來。

過了一會兒，談紅看了看傅華，問道：「傅華，你下一步有什麼打算，就這麼一個人過下去？」

傅華說：「也沒什麼打算，過一天算一天吧。」

談紅說：「你老婆既然已經準備嫁給別人啦，你就沒想過再找一個？」

傅華搖了搖頭，他最近接連遭到來自女人的打擊，實在提不起勁再去找什麼女人，說：「我還沒想過這個問題，現在好不容易獲得了自由，我還想多享受一段時間呢。」

談紅略有失落的說：「有時候真是不明白你們這些男人在想些什麼。」

傅華感覺到了談紅對自己的好感，可是他卻並沒有想要接受談紅的意思，他才剛在趙婷和曉菲這兩個強勢的女人那裏遭受了重挫，實在不想再跟什麼強勢的女人發生感情上的糾葛啦。而談紅偏偏卻是一個跟趙婷和曉菲本質上沒什麼差別的女強人。

傅華一想到這種情形，頭便有些大了，所以他才不想再去招惹談紅呢，即使談紅不論從哪個方面來看都是女人中的上乘之選。

傅華便笑了笑說：「有些時候我也不明白你們女人是怎麼想的。」

談紅本想把自己喜歡他的心情說給傅華聽，可是看看今天這種氣氛，實在不適合談情說愛，想了想還是放棄了，日後總是有機會的。

回到駐京辦之後，傅華將海川重機重組審批擱淺的消息跟金達作了彙報。金達並沒有追問詳細的情形，只是讓傅華繼續努力，爭取早日讓重組的審批得以通過。

丁益從海川趕來，住到了海川大廈。傅華因為已經知道賈昊被舉報的消息，因此對丁益突然從海川趕過來並不意外。

在傅華的辦公室，丁益問傅華：「傅哥，這次是我父親讓我趕到北京來的。他聽到了一個不太好的消息，說是賈主任出了些問題？」

傅華看了看丁益，他不知道丁益得到的消息是不是比自己得到的消息要多，這幾天他雖然很好奇想知道賈昊被舉報的詳細情形，可是他也知道問題的嚴重性，因此不敢向各部委的朋友們打聽有關這方面的事，相反，他還要裝出一副不知情的樣子，因此他目前知道的也只限於談紅告訴他的那些內容。

傅華反問：「你父親聽到的消息是什麼？」

丁益說：「沒什麼，我父親在北京的一個朋友跟他說，賈昊最近可能被調查，據說是有人舉報了他，可是具體的舉報內容並沒有人清楚。」

傅華說：「你父親的消息很靈通啊，我知道的也只是這些。」

丁益問：「傅哥，你最近沒跟賈主任聯繫過？」

傅華說：「倒是聯繫過一次，可是賈主任說他很忙，沒時間，就掛了。後來我就聽說了他被舉報的事情，知道不好再去打攪他，就沒再聯繫。」

丁益問道：「傅哥，你覺得這次問題嚴重嗎？」

傅華搖搖頭，說：「很難說，說不嚴重吧，目前頂峰證券幫我們運作的海川重機重組的審批已經被擱置；說嚴重吧，潘濤和賈主任並沒有失去人身自由，所以我也不好說。」

丁益說：「潘濤和賈主任都還沒失去人身自由？這個可以確認嗎？」

傅華點點頭，說：「這個可以確認，目前潘濤在深圳，賈主任在外面做調研工作，都還可以自由活動。也沒聽說過他們接受過問話。」

丁益鬆了一口氣，說：「那就好。」

傅華看著丁益，說：「丁益啊，你跟我說實話，你們天和房地產上市那時，有沒有做過什麼處理關係的事情？」

丁益笑了笑說：「傅哥，這件事情你就不要問了。這個時候你就是問了也是於事無補，對不對？我覺得你不知道反而更好。」

傅華便明白天和房地產當時確實是做了一些事，其實自己也是多餘一問，天和當時如果一點問題都沒有，丁益也不會這麼匆忙趕到北京來。

傅華嘆了口氣，說：「這倒也是，只是我不知道這一次賈主任是否能順利過關。」

丁益面色也凝重了起來，說：「但願他能順利過關，不然的話，我們天和的日子也不會好過了。」

兩人都沉默了。

過了一會兒，丁益打破了沉默，說：「傅哥，我聽說趙婷跟你離婚了，你最近還好嗎？」

傅華苦笑了一下，說：「也沒什麼好不好的，只是很想我的兒子。」

丁益安慰說：「看開一點吧，這世界上好女人多的是，趕緊再找一個吧。」

傅華笑了，說：「你別光來說我，這世界上好女人多的是，為什麼你還不找一個結婚呢？還是你很享受黃金單身漢的生活？」

丁益無奈地說：「我也想趕緊結婚啊，我父母早就等著抱孫子呢，可是總找不到合適的。」

傅華取笑說：「是你眼光太高吧？」

丁益說：「不是我眼光太高，而是那些女人知道我是天和房地產的總經理，就像蒼蠅見了血一樣圍著我，這些女人都是衝著我的財富而來的，娶回家一點意思都沒有。」

傅華說：「那就沒有一個女孩子是不看重你家的財富的？」

丁益說：「倒不是沒有，可是人家似乎看不上我。」

傅華笑了，說：「這麼說，還真有一個女孩子讓你動心了？還不在乎你丁大公子，這誰啊？說來給我聽聽。」

丁益臉上露出了不好意思的神情，笑了笑說：「沒有啦……」

傅華笑說：「別跟我藏著了，說給我聽聽，說不定我還能幫你參謀一下。」

丁益說：「說來也很好笑，我就是在一次聚會上跟她見過面，跟她一起跳了一次舞，當時我們舞步配合得美妙極了，那種感覺就像我們天生就該是一對一樣。」

傅華聽了，不禁笑說：「老弟啊，我還是第一次見你這種對女人神往的表情啊，看來你真是動心了。」

丁益害羞地說：「是有點動心。」

傅華說：「那就快去追啊，說實話，能見到一個讓自己一見傾心的女人是很難得的，基本上可以說是可遇不可求的，千萬不能放過啊。」

丁益苦笑了一下。

傅華好奇說：「你該不會還沒展開追求吧？這可不是你丁公子的風格啊。」

丁益鬱悶地說：「不是，我也知道這種機會是千載難逢的，自然不能放過，可惜只是我自作多情，那個女孩子好像根本就不喜歡我，我找過她幾次，她對我都是不冷不熱的，約她出來玩也不肯。」

丁益在海川社交圈是女人的寵兒，很多女人都想嫁給這個年紀輕輕卻已經身價不菲又很帥氣的公子哥，因此對他趨之若鶩，丁益沒想到會在關蓮這兒碰個釘子，男人的傲氣讓他越發想要征服這個漂亮女人。

傅華打趣說：「不會吧，海川還有不被你丁公子翩翩風度折服的女孩子。」

丁益說：「不是的，她好像是來自北京，見過大世面，所以我這個小地方的土財主可能入不了她的法眼。」

傅華訝異的說：「北京？在北京怎麼去了海川呢？」

丁益說：「具體情形我也不清楚，聽說她在北京開了一家建築方面的諮詢公司，可能有些業務牽涉到海川方面吧。」

傅華越聽越覺得這個女人像是關蓮，便問道：「她叫什麼名字啊？也許我認識她。」

丁益笑說：「傅哥別逗了，北京這麼大，上千萬人口啊，你不可能因為她來自北京就覺得你認識她。」

傅華也笑說：「這世界說大不大，說小不小，也許就有這種巧事呢。」

丁益便說：「她叫關蓮，關羽的關……」

果然是關蓮！傅華接口說道：「蓮花的蓮。」

這下換成丁益驚訝了，叫說：「傅哥，你還真認識啊？」

傅華點了點頭，心中卻在思忖這個關蓮為什麼跑來北京開公司，卻不在北京發展？

旋即他就明白了，這肯定是穆廣搞的障眼法，關蓮在北京開公司的真實目的實際上就是要在海川發展業務。如果直接在海川開公司，一方面會讓人不重視，沒有北京公司這種名頭響亮；另一方面，如果在海川開公司，穆廣想要關照起來也不太方便，很容易就會讓人將兩人聯繫在一起。

想明白了這一點，傅華心中就對關蓮和穆廣兩人真實的關係產生了懷疑，如果關蓮僅僅是穆廣老朋友的女兒，似乎不用費這麼大周章，要先在北京開公司，然後再跑去海川，之所以繞這麼大一圈，說明穆廣和關蓮之間的關係不簡單。

傅華看了看丁益，他不想讓丁益跟關蓮有更深的關係，這個女人背景太過複雜，並不適合丁益，丁益如果跟她走到一起並不是件好事。

傅華便勸說：「丁益啊，如果真是關蓮，我勸你還是算了吧。這個女人不是你看上去的那麼簡單，她並不適合你，更不適合你們這樣的家庭。」

丁益愣了，說：「為什麼啊？這裏面有什麼事情是我不知道的嗎？」

傅華看丁益一副困惑的表情，知道自己若是不跟他說個明白，他是不會甘休的，便說：「我可以告訴你我知道的情形，不過我希望這件事情就你知道就行了，不要再跟別人說。」

丁益點點頭，說：「好的，我答應你。」

傅華說：「我之所以認識關蓮，是因為她的建築諮詢公司就是我幫她辦理工商登記的，而我之所以會幫她幫工商登記，是穆廣私人拜託我的。」

丁益驚訝的說：「你是說關蓮早就認識副市長穆廣，不對吧，我認識關蓮的那晚，穆廣也在現場，他們之間看上去並不太熟悉的樣子。」

傅華笑了笑，說：「我會說假話騙你嗎？至於穆廣為什麼要裝著跟關蓮並不熟，這裏面的玄機就需要你動動腦筋了。」

丁益想了想說：「這麼說，關蓮和她的公司根本上就是穆廣帶到海川的？」

傅華點點頭說：「這就是我為什麼反對你跟關蓮進一步交往的原因，雖然我不知道穆廣這麼做真實目的是什麼，不過，他的目的肯定是見不得人的，我不希望你招惹上麻煩。」

丁益說：「我知道了，反正現在天和房地產也正是多事之秋，我也沒心思去招惹女人。哎，還是先把賈主任這道難關度過再說吧。」

丁益並沒有直接說他不再跟關蓮來往，而是把話題錯了開去，傅華就知道他捨不得放下關蓮，不過他也不好再說什麼勸阻的話，便說：「那倒是。」

又說到了賈昊，兩人的神情凝重了起來，屋裏再次陷入了沉默。

第十章

自作自受

這個女郎很可能是靠最原始的行徑賺錢的，傅華對這女郎心中就有些反感，
這麼好的條件，幹什麼不好，非要賺這種快錢？
因此女郎的啜泣看在傅華眼中不但不覺得可憐，
反而覺得是這個女郎自作自受，是自己活該。

這時，敲門聲響了起來，傅華喊了聲進來，門開了，一個女人帶著兩名男子站在門口，傅華驚訝的說：「劉姐，你什麼時間到北京的？」

原來門外站著的女人，竟然是調離駐京辦的劉芳。

當初劉芳仗持著秦屯的撐腰，直接跟傅華叫板，導致傅華向當時的海川市市委書記孫永提出了辭職。後來孫永為了安撫傅華，就把劉芳調離了駐京辦，讓她去了海川最偏遠的雲山縣。自那以後，傅華已經好長時間沒見過劉芳了，突然見到她還真是有些奇怪。

劉芳笑笑說：「你好傅主任，我是跟我們雲山縣的常縣長一起來的，就帶著常縣長過來駐京辦了。丁總怎麼也在北京啊，真是好巧啊。」

丁益也站了起來，笑笑說：「劉姐，可是好久沒見過你了。」

丁益就跟劉芳握了握手，劉芳又介紹了身後兩名男子的身分。其中一名四十多歲，一臉絡腮鬍子的中等個子男人就是雲山縣縣長常志，另一名男子是雲山縣政府辦公室主任羅平。

傅華認識常志，曲煒主政海川時期，常志還是副縣長，兩人見過面，傅華便跟常志握了手，說：「歡迎常縣長光臨我們駐京辦。」

常志笑說：「傅主任客氣了。」

丁益跟常志等人握了握手之後，他無心應酬這些下面縣裏的官員，就說自己還有事情要處理，先行離開了。

傅華把常志、劉芳三人讓到沙發那裏坐下，問常志：「常縣長，你們這次到北京來是幹什麼？」

常志笑笑說：「是這樣，我們縣裏在招商局劉芳局長的建議下，搞了一個活動，到北京來是來做推廣的。」

傅華看了看劉芳，說：「劉姐現在做招商局長了？」

劉芳笑笑說：「是縣裏面的領導覺得我在駐京辦幹過，在招商方面有些經驗，就趕鴨子上架，讓我做了招商局長。我們這次來北京是推廣雲山縣的櫻桃的，我們雲山縣的櫻桃個大味甜，客商們都稱雲山縣為『大櫻桃第一縣』，所以縣裡決定舉辦一個大櫻桃節，我這次跟常縣長來，就是推廣大櫻桃節的。傅主任，我可是您的老下級啦，這一次你可要多多幫忙啊。」

傅華心中暗自好笑，什麼「客商都稱雲山縣為大櫻桃第一縣」，根本上就是你們雲山縣自己喊出來做招商噱頭的。現在國內這樣那樣的節比比皆是，其實都是像雲山縣這樣，以節慶作為噱頭，吸引客商們對地方的注意力。

傅華笑了笑，說：「劉姐客氣了，我們駐京辦是為全市來京的工作人員服務的，給常山縣提供服務也是應該的，如果需要什麼配合，常縣長和劉姐只管說一聲。」

常志感謝地說：「那少不了要麻煩傅主任了。」

傅華笑說：「常縣長客氣了，我們駐京辦本來是做服務的。」

閒聊了一會兒，已是中午，常志就提出來要請傅華吃飯。

傅華說：「常縣長，你這就不對了，到駐京辦怎麼輪得到你請啊？再說，劉姐這麼多年才回駐京辦一次，怎麼也該駐京辦歡迎她一回啊。」

常志笑著看了看劉芳，說：「劉局長，看來我們今天要跟你沾光嘍。」

劉芳笑著推了一下常志，說：「常縣長，你真是會說笑，如果單純招待我，傅主任怕是不會這麼隆重的。」

傅華看兩人眉目之間打情罵俏的樣子，心中就有些厭惡，看來這個劉芳還是沒改掉老毛病，還是愛跟領導勾勾搭搭，便有些懷疑劉芳這個招商局長是怎麼幹上去的，不會是靠跟這個常志有什麼不正當關係才當上的吧？

同時，他也對常志在自己面前這麼不知道檢點而心生反感，無論如何總是在同僚面前，就算你們之間再熟稔，也要裝一裝啊，這麼顯山露水的，形象多不好啊。看來這個常志也是一個色中餓鬼。

一旁的辦公室主任羅平對這一切倒是很習以為常，不知道他是習慣了在上級面前裝作視而不見，還是劉芳這麼做根本就是在他的意料之內。

傅華在海川大廈宴請了常志和劉芳，算是給足了兩人面子。隨後常志和劉芳就住進了海川大廈，開始他們對大櫻桃節的推廣活動。

傅華也應劉芳的請求，幫他們聯絡了一些在京的媒體，做了一些宣傳工作。

丁益雖然沒有從傅華那兒打探到什麼消息，卻也沒有馬上就離開北京，他按照父親的安排，拜訪了一些丁江在北京的朋友，想從側面打聽一下關於潘濤和賈昊的有關消息，可是所獲甚少，基本上跟傅華說的那些內容差不多。

丁益見留在北京也沒什麼用處，就和傅華打了個招呼，鬱悶的離開了北京。

丁益離開北京的那天晚上，傅華因為處理駐京辦的事務耽擱了一下，出辦公室的時間已經是晚上九點多了，他現在反正是一個人，不需要跟任何人交代什麼，所以下班時間對他來說也就沒什麼意義，如果他不是有別的應酬時，還會在辦公室多待一會兒。

傅華從容的出了電梯，經過前面櫃臺時，還對跟他打招呼的櫃臺小姐點了點頭。

到目前為止，這還是一個很平常的夜晚，傅華準備隨便去找個地方吃飯，然後回家。

傅華剛走向門口，忽然聽到身後一個女人噠噠的高跟鞋跑步聲。跑步聲十分急促，在寧靜的大廳裏顯得有些不太和諧。

傅華沒有十分在意，心想可能只是某個小姐有了什麼急事而已，沒什麼好大驚小怪的，也沒回頭，仍然按照他原來的步伐往外走著。

沒想到女郎在經過傅華身後時，不知道是不是慌亂，在閃過傅華的時候，不小心被傅華絆了一下，女郎一個前撲，摔倒在地上。

傅華看自己絆倒了人，趕忙去把女郎扶了起來，一面說：「對不起，你沒受傷吧？」

女郎面容姣好，二十出頭的樣子，打扮得很入時，一身很時尚的套裝把她的身材襯托得凹凸有致，只是臉上一臉的慌張，一直驚恐的看著那邊電梯的門口。

女郎在傅華的攙扶下站了起來，試著往前走了一步，臉上頓時出現了痛苦的表情，腳步也變得一瘸一拐的，看來這一下她摔得不輕。

傅華攙著女郎，說：「小姐，我看你摔得不輕，我送你到醫院檢查一下吧。」

女郎皺著眉頭，連連搖頭說：「不用，不用，我自己還能走。」

女郎便掙脫了傅華的攙扶，一瘸一拐強撐著往門外走，似乎急於逃離海川大廈。

傅華心中有些疑惑，不知道這個女子在大廈裏做了什麼，為什麼這麼急著要離開。

這時電梯門打開了，一個壯漢衝了出來，四處張望著，就看到了一瘸一拐要離開的女郎，他衝了過來，喊道：「小方，你別急著走啊，我還有話跟你說呢。」

女郎看到這個男子衝過來，越發的慌亂，加快腳步就往外跑，沒想到她摔得比她想的要嚴重，剛邁步要跑，一條腿吃痛不過，一下子軟倒，再次摔倒了。

傅華連忙上前去攙扶那女郎，這時，那個壯漢也衝到了女郎跟前，和傅華一邊一個架著女郎站了起來。

傅華一看那壯漢，竟然是雲山縣的縣長常志。

傅華打招呼說：「常縣長啊，這是你朋友？」

常志臉上閃過一絲尷尬，他剛才目光都集中在女郎身上，根本沒注意到傅華原來也在酒店的大廳裏。

常志強笑了笑，說：「是傅主任啊，這麼晚了還沒下班啊？」

傅華察覺到了常志的尷尬，心中對這個女郎和常志的關係就有了一些懷疑。

常志喊出了女郎的姓，說明常志是認識這個女郎的，在這晚上九點多的時間裏，一個女郎這麼匆忙的想要逃離，是不是常志對她做了什麼？

常志看到傅華用眼光掃視著他和那個女郎，便笑著說：「小方是我的朋友，剛才跟我有點誤會，小方啊，沒事了，我們回去接著談，好不好？」

傅華見常志這麼解釋，覺得倒也合理，就有心把女郎交給常志照顧。

剛要說讓常志好好照顧她，卻看到女郎可憐巴巴地看著他，低著聲說：「不是這樣的，先生，救救我。」

常志見女郎跟傅華求救，瞪了女郎一眼，說：「小方，我都跟你說是誤會了，走，跟我回房間去。」

常志說著，就拉扯著女郎往電梯那裏走，女郎卻很不情願地往外掙扎，但又不敢十分的得罪常志，只是掙扎著，卻不敢喊叫。

傅華越發覺得不對勁，伸手攔住了常志，說：「常縣長，我看這位小姐並不願意跟你回去啊？」

常志推開了傅華攔住他的胳膊，笑笑說：「沒事的，傅主任，都跟你說了，我們是有點小誤會。」

女郎這時哀求道：「不是的，你放過我吧。」

常志還要往裏強拉，傅華卻越看越覺得蹊蹺，看來這女郎並沒有要跟常志回去的意思，便再次伸手攔住了常志，說：「常縣長，請你尊重一下小姐的意願。」

常志卻火了，說：「傅華，這是我們之間的私事，你能不能別管閒事啊？」

傅華並不怕常志，笑了笑說：「常縣長，你別忘了，這裏是駐京辦，不是你的雲山縣。這位小姐如果心甘情願的跟你走，我不會干涉的，可如果她不願意，我希望你有點紳士風度。」

常志強硬地說：「我如果不呢？」

傅華笑說：「那對不起，我只能請你放手。」

這時，值班的保安看到傅華跟常志似乎有了爭執，便湊過來問：「傅主任，發生什麼事情了，需要我們的幫忙嗎？」

傅華瞅了一眼常志，笑笑說：「沒事，沒事，這位常先生是很有紳士風度的，不會讓我為難的。」

傅華沒稱呼常志為縣長，是覺得常志在大庭廣眾之下拉著一個女人不放手，實在是給官員丟臉，有礙觀瞻，因此避開稱呼他的職務。

常志看到周圍的人越聚越多，再僵持下去怕事情會鬧大，就狠狠瞪了女郎一眼，說：「小方，你會後悔的。」說完就甩開了女郎的手，轉身上了電梯。

女郎解脫了危機，看了看傅華，低聲說：「謝謝你，這位先生。」

傅華說：「不用客氣，你還好嗎？自己走可以嗎？」

女郎點點頭，說：「我可以的。」女郎就一瘸一拐的往外走，傅華見她沒有要自己照料她的意思，也就不再管她，自己也往外走。

出了大門，傅華幾步下了門口的臺階，便要往自己的車子走去。

女郎試探著想要下臺階，可是腿卻疼得很，猶豫了一下，就衝著傅華喊道：「先生，你能幫我一下嗎？」

傅華回過頭，看女郎楚楚可憐的看著自己，便轉身回來，攙著女郎下臺階。

頭一兩個臺階女郎還可以強撐著，到最後一個臺階，她實在撐不住，嚶嚀一聲就軟倒在傅華懷裏。

傅華知道女郎肯定是腳什麼地方摔壞了，就一把把她抱了起來，說：「你這樣子不行，一定要看醫生。」

女郎還在強撐，說：「不需要的，我沒事。」

傅華這一次沒聽女郎的，抱著她走到了自己的車旁，開了車門把她放到車上，說：「我送你去醫院。」

女郎仍再三地說：「真的不需要的。」

傅華卻沒再管她，發動車子就去了鄰近的一家醫院，把女郎送進去檢查。照了X光後，發現女人的腳踝可能是奔跑的太急，摔倒時扭到腳，小腿骨有些裂了。

女郎聽到檢查結果，說：「這可怎麼辦啊？」

她一路上都是在強撐著，以為到醫院檢查一下，拿點藥就沒事了，沒想到腳踝竟然需要打石膏，雖然不需要住院，可是打上石膏之後行動就不是很方便了，這讓她有點受不住，便開始啜泣起來。

傅華冷眼看著這女郎，回想了事情的整個過程，便大致認定了女郎是幹什麼的。

這個女郎打扮的漂漂亮亮來見常志，肯定是跟常志事先有什麼約定，而看情形，這兩人之間並不熟悉，雖然常志一直稱呼女郎為小方，可女郎從頭到尾都沒答應過一聲，說明這兩人可能在見面之前還是陌生人。

在酒店裏，一個女人在晚上打扮得漂漂亮亮的去見一個陌生的男人，很多時候都可能是兩人要做某種不正當的交易，這個女郎很可能是靠最原始的行徑賺錢的。通常酒店為了生意，都會睜一隻眼閉一隻眼，不去干涉客人的私生活，只是不知道今天這個女郎為了什麼跟常志反目，而不肯做這個交易啦。

傅華對這女郎心中就有些反感，這麼好的條件，又這麼年輕，幹什麼不好，非要賺這種快錢？因此女郎的啜泣看在傅華眼中不但不覺得可憐，反而覺得是這個女郎自作自受，是自己活該。

傅華便沒好氣的說：「好了，別哭了，受傷了就慢慢治吧，你住在哪裡，打完石膏之後我送你回去。」

傅華不說這句話還好，傅華說了這話之後，女郎似乎被觸到了心中的痛楚，眼淚越發止不住，趴在床上大哭起來。

傅華有些莫名其妙，他跟女郎並不熟，也不知道該怎麼去勸她，加上心中覺得女郎是自己活該，索性也不去勸她，就坐在一旁等女郎自己停下來。

一旁的小護士瞪了傅華一眼，不滿地說：「誒，你是不是男人啊？自己的女朋友受了傷，哭成這個樣子，你怎麼連勸都不勸一聲啊？」

傅華有點哭笑不得，說：「你知道什麼？誰跟你說她是我女朋友來著？」

小護士說：「不管她是你什麼人，你也不能就這麼看著她哭吧？」

傅華越發感到尷尬，看了看在哭泣著的女郎，說：「小姐，你先別哭了好不好，你再哭，這護士小姐會真的覺得是我把你怎麼樣了呢。」

女郎止住了哭聲，抽泣著說：「對不起，這位先生，又給你添麻煩了。」

傅華看看石膏已經打好，便說：「好啦，你告訴我，你住在哪裡，我送你回去。或者是你讓你的家人來接你。」

女郎低聲說：「我的家人都不在北京。」

傅華說：「那沒辦法了，只有我把你送回去吧。」

醫生交代了要定期復診和一些注意事項，就讓傅華把女郎帶出了醫院。

到了女郎住的地方，女郎說她是自己一個人住的，傅華聽出來女郎是想讓他把她送上去，看了看女郎住的房子，是一棟年代很久遠的舊樓房，不像有電梯的樣子，便苦笑了一下，說：「你可別告訴我你住頂樓啊？」

女郎不好意思的笑了起來。

傅華心裏叫苦起來，還真是住頂樓啊。不過都已經到了這裏，好人也只能做到底啦，傅華心中自嘲，沒想到自己還要給一個做特種行業的女人做這麼徹底的服務。

傅華只好俯下腰，背著女郎一步一步上到了頂樓。

到了頂樓，傅華已經大汗淋漓了。女郎一個勁的說不好意思。

進門之後，女郎的家裏簡單而不華麗，倒沒有那種風塵女子濃重的脂粉味。

女郎歉意地說：「家裏沒什麼飲料，只有開水，你如果不嫌棄，就喝一點吧。」

傅華也確實口渴了，就找到水壺和杯子，給自己和女郎各自倒了一杯水，喝了起來。

小坐了一會兒，傅華就站起來要告辭，女郎說：「你的電話可以留給我嗎，家裏現在沒有現金，等我好了，我去銀行取錢給你。」

醫院的費用都是傅華先墊的，傅華想想也沒幾個錢，也不想再跟這個女郎打交道，便說道：「算了，也沒幾個錢，你不用還我啦。好了，我走了。」

女郎急說：「不行的，這錢我一定會還給你的，你現在不留電話給我，回頭我也會去那家酒店找你的。」

傅華笑說：「好吧，我留給你就是了。」

傅華把電話留下，然後就要離開，走到門口的時候，傅華忽然停了下來，他想到了一個問題，便問女郎：「誒，你一個人住，行動又不方便，有人照顧你嗎？」

女郎苦笑了一下，說：「我能解決的，回頭我會打電話給同事，看看他們能不能幫我買飯給我吃。」

傅華便說：「那好，有人照顧你就好。」

傅華就離開了女郎的住處。

早上，傅華到辦公室，剛坐下不久，常志就匆匆找了過來。

傅華以為他是為昨天晚上的事情來找自己麻煩的，便冷冷的看著他。

沒想到常志卻乾笑了一下，說：「傅主任，不好意思啊，昨天我有些衝動了，你知道我晚上喝了點酒，就對自己失去了控制，沒氣著你吧？」

傅華看了常志一眼，知道這只是一種藉口，自己昨天並沒有在他身上聞到酒味，因此就算他喝了肯定也喝得不多。不過傅華並不想跟常志計較，他並不是什麼道德君子，不會容不得別人有一點瑕疵，便笑笑說：

「沒事，我昨天是覺得大家都是在政府裡工作的，在酒店大廳跟一個女人拉拉扯扯不像個樣子，如果再被什麼有心人拍照發上網去，大家更是不好交代。這裏是北京，不是海川，資訊傳播發達，難說會發生什麼事情。」

常志立刻說：「是，是，傅主任你做的很對，很感謝你對我的維護。」

傅華說：「不用這麼客氣了，大家都來自海川，是應該互相維護的。」

常志看看傅華，試探地說：「誒，傅主任，昨天那個姓方的女人後來跟你說過什麼沒有？」

傅華看了常志一眼，心中暗自好笑，這傢伙大概擔心昨晚那個女郎跟自己講他的事情吧？這種事情他還好意思問自己，真是不知羞恥。

傅華說：「我沒問，那女人也什麼都沒說。」

常志不太相信，說：「真的嗎？」

傅華想，這傢伙是在擔心自己知道了什麼，便有心逗一逗他，說：「那常縣長是想讓我說什麼？昨晚發生了什麼事情，常縣長應該知道吧？」

常志一下子語塞了，傅華這麼問似乎是知道些什麼，可是又不能告訴他昨晚究竟發生了什麼，因此一時無法回答傅華的問話。

傅華看出了常志的尷尬，不想太去為難常志，便說：「我跟你開玩笑的，常縣長，那個女人確實什麼都沒說。」

常志趕緊說：「其實真的沒發生什麼事情，不過我怕那個女人瞎說八道，污蔑我。」

傅華暗自冷笑，什麼污蔑你啊，根本就是你自己做出來的事情，上面怎麼選了這樣一個人出來，這樣一個好色的縣長能把雲山縣治理好嗎？

不過現在這好色也是一種流行性的病，官員們依仗手中的權勢便很容易得到女人的青睞，也有一些人為了謀求某種不正當的利益，想盡辦法去討好官員，送漂亮女人給官員們享用，就是其中一種極為有效的手段，官員們也有不知自律的，包養的女人更是呈幾何級數增長，到了一種糜爛的程度，於是近年來暴露出層出不窮的桃色事件。

傅華很不恥這些人的行為，可是他也無權去干涉這些官員們的生活，因此傅華也只是笑笑說：「沒發生什麼事情就好，常縣長就不用擔心啦。」

常志笑了笑說：「那是，那是。」

常志又跟傅華聊了一下大櫻桃節的事情，這才離開了他的辦公室。

兩天後，常志和劉芳的人結束了大櫻桃節的推廣活動，離開了北京，傅華還專門設宴給常志和劉芳送行，算是給足了常志和劉芳面子。

過了幾天，傅華突然接到了一個陌生的電話。

「你好，那位？」

一個女人細聲細語的說：「你好，我姓方。」

傅華沒反應過來是誰，就笑了笑說：「我們認識嗎？」

女人說：「我就是那晚被你送到醫院的那個人。」

傅華想了起來，是那個被常志糾纏的女人啊，記得常志叫她小方，沒想到這女人還真是姓方。便說：「我知道了，你是想還我的錢是吧，不用急，等你好了再說吧。」

女人尷尬的笑了笑說：「不是的傅先生，你的錢恐怕我還需要等些日子才能還給你。」

傅華說：「沒事，你不用急，這點錢沒什麼的，不用還也可以的。」

女人說：「我一定會還您的，這你放心。」

傅華說：「行，等你好了再說吧。就這樣吧。」

女人聽傅華要掛電話，急忙說：「那個，傅先生……」

傅華愣了一下，說：「還有事嗎？」

女人為難地說：「不好意思啊，傅先生，恐怕還要麻煩你一件事情。」

傅華心說你還沒完沒了，不過女人說得楚楚可憐，他也硬不下心來拒絕，便說：「說吧，還有什麼事情？」

女人低聲說：「不好意思，今天是我復診的日子，沒有人能送我去醫院，你能不能過來幫我一下？」

傅華有些驚訝，看來這個女人在北京朋友真是不多，便說道：「行，我過去就是了。」

到了女人住的地方，傅華敲門，好半天女人才把門打開，傅華看到她拄著拐杖，一隻腳打著石膏，不太好意思的看著自己，便笑了笑說：「準備好了，可以走了嗎？」

女人說：「可以了，不好意思，又要麻煩你。」

傅華便背著她下了樓，將她送到醫院，大夫給她做了復診，傅華又將她送回了住處。

傅華累了個夠嗆，坐下來休息的時候，注意到屋裡都是一些廢棄的飯盒，也沒什麼水果之類的，看來這女人過得很清苦。

傅華問說：「你這段時間就吃盒飯啊？這可不行啊，醫生不是說你要多加營養嗎？」

女人苦笑說：「這也是沒辦法的事情，我同事住的地方離我都挺遠的，我不好意思老是麻煩人家，只能打電話叫送餐的上來。」

傅華困惑的看著女人，說：「我一直沒問你，你在北京應該有些朋友吧？」

女人說：「我剛來北京工作，跟同事們還不太熟，要好的同學都不在北京，在北京還真是找不到什麼人幫我。」

傅華有些同情這個女人，便說道：「你這個人也是的，沒人照顧你，你可以跟我說一聲啊，我還是能抽出一點時間來看看你的。」

女人說：「你幫我已經很多了，我怎麼好意思再麻煩你啊？」

傅華說：「這也沒什麼，碰上了而已，你等我一下，我出去買點東西給你。」

傅華站了起來，女人趕忙說：「不用了，我這樣挺好的。」

女人便站起來要攔住傅華，傅華說：「什麼不用了，你這樣哪行？你老老實實給我坐下，我一會兒就回來。」

女人還要說什麼，卻被傅華強按在椅子上坐了下去，就沒再掙扎。

傅華出去找了一家飯店，讓老板做了幾個菜，又買了些水果奶粉之類的，帶回了女人的家。女人見傅華帶回來的飯菜，高興地吃得津津有味。

吃完飯，女人氣色好了一點，看著傅華說：「真是太謝謝你了。」

傅華笑了笑說：「不用客氣，你一個人在北京遇到這種情況也是很難為啊。」

女人看了看傅華，說：「傅先生，我聽你的口音，你是海川人吧？」

傅華笑說：「你不知道海川大廈是海川的駐京辦辦的嗎？」

女人說：「我哪裡知道？我只是一個初來北京工作的雲山人而已，對北京並不是很熟悉。」

傅華愣了一下，說：「你是雲山縣的？」

女人說：「是啊。」

傅華說：「那你就是認識常志了？」

女人點了點頭，說：「他是我們縣長，那一晚就是他叫我去海川大廈的，他現在還住在海川大廈嗎？」

既然這個女人認識常志，而且看女人過得這個艱苦的樣子，似乎也不像是做小姐的，傅華知道自己有些誤會這個女人了，心中對那一晚常志和這個女人究竟發生了什麼事情有些好奇，便說：「他已經回雲山縣了。誒，我一直沒問你，那天在海川大廈，你和常志究竟是怎麼啦，發生了什麼事情讓你那麼害怕。」

女人低下了頭，半天沒言語，傅華看她似乎有難言之隱，就說：「算了，你不想說就不說。你叫什麼名字啊，我們應該相互認識一下。」

女人抬起了頭，說：「我叫方蘇。」

傅華笑笑說：「很高興認識你。」

方蘇笑了笑，說：「是我很幸運地認識了你，要不然我還真不知道要怎麼辦。」

傅華說：「好啦，我出來時間也不短，我要回去了，有什麼事情可以給我打電話。」

方蘇點點頭，說：「行，今天謝謝你了。」

傅華就往門外走，這時，方蘇在背後說：「傅先生，其實那晚的事情我也不是不能跟你說，只是我有些羞於說出口。」

傅華回過頭來，笑了笑說：「沒什麼，我只是好奇而已，你不方便說就算了。」

方蘇苦笑了一聲，說：「你對我這麼好，我對你也不該有什麼隱瞞，其實那一晚常志是想要強暴我。」

傅華聽了不禁震驚了起來，一個堂堂的縣長竟然想要強暴一個女子，這是真的嗎？還是眼前這個女人在編故事？

傅華驚訝的叫了起來：「什麼，他想強暴你？」

方蘇點點頭，說：「我到現在也不敢相信，那一晚常志竟然敢那麼對待我，他還是縣長啊，怎麼可以這樣無法無天呢？」

傅華有些相信方蘇，因為他聯想到後來常志小心翼翼探聽自己對方蘇知道什麼的樣子，根本上就是作賊心虛，這個王八蛋，竟然連這種事情都做得出來。

傅華氣憤地說：「你怎麼這麼軟弱，當時為什麼不報警抓那個王八蛋啊？」

方蘇說：「不行的，當時在房間裏就我們兩個人，我如果報了警，誰能給我做證啊，他是縣長，又有幾個人相信我呢？再說……」

方蘇低下了頭，似乎又有什麼難言之隱，再次停頓了下來。

傅華看看方蘇，想起那一晚方蘇逃離的時候看著常志那種畏懼的神情，便知道她肯定在某些方面是受制於常志的。

傅華說：「你都這個樣子了，還在怕什麼啊？難道你就甘心讓常志這樣子禍害你嗎？」

方蘇說：「我當然不肯，只是我父親現在落在常志手裏，我怕他對我父親會有不利的舉動。」

傅華問：「你父親？你父親怎麼會落在常志手裏啊？」

方蘇苦笑了一下，說：「我父親在雲山縣開了一家紡織廠，以前，為了經營貸款上的方便，他就把企業掛在了當時的紡織工業局下，其實紡織工業局根本就沒什麼投資，只是給了一個名義而已。後來紡織工業局撤銷，這件事情就不了了之。現在雲山縣說，我父親的工廠資產屬於雲山縣，我父親自然不肯，這家工廠是他費盡心血經營起來的，怎麼能讓雲山縣一句話就變成了縣裏的資產呢？縣裏的檢察院就把我父親抓了起來，說我父親侵佔國有資產。」

傅華不解地說：「那這與常志有什麼關係啊？」

方蘇說：「我家裏的人自然不肯看著我父親就這樣被送進監獄，託了很多關係找到了常志，常志答應我們，會想辦法把我父親給放出來。這次他到北京來，打電話給我，說要跟我談談我父親的案子，我自然不敢怠慢，就趕過來見他。沒想到他見了我，沒說幾句話，抱著我就開始對我動手動腳起來，我一看情形不好，就趕緊掙脫跑了出來，後來就撞到了你，之後的事你都知道啦。」

傅華沒想到常志的行徑竟然會這麼惡劣，憤慨的說：「常志竟然敢這麼趁人之危，他還算不算人啊？」

方蘇說：「我不知道他回雲山縣去會不會對我父親怎麼樣，我也不敢把這裏發生的事情告訴家裏人，怕他們會擔心。」

傅華說：「他敢！還沒有王法了！」

方蘇說：「王法可不是為我們這些小老百姓服務的，他是縣長，在雲山縣就是王，還不是他想做什麼就做什麼啊。」

傅華說：「不會的，還有很多地方能管到他的，他不用囂張，真要觸犯了法律，他一樣要為此承擔一定的責任。」

方蘇苦笑了一下，說：「你話說的好聽，可這件事情你挑不出他什麼毛病的，抓我父親他們可以說是保護國有資產，他要非禮我那件事情，也沒什麼證人可以幫我做證，我真不知道還可以怎麼樣去奈何他。哎，我們家都是平頭百姓，我父親的一些關係也都是雲山縣的官員，沒有人能幫我的。」

方蘇一副任人宰割的樣子，讓傅華不由得有些氣憤，他說：「你不能這個樣子啊，有些事情要自己去爭取的，你這樣子只能縱容常志這樣的混蛋變本加厲。」

方蘇洩氣說：「要不然怎麼樣？人家可是縣長啊，我怎麼能鬥得過？再說，我就算鬥得過他，也救不了我父親，甚至可能讓我父親被判更重的刑，那樣子反而害了我父親了。」

傅華看了一眼方蘇，有些恨鐵不成鋼的感覺，便故意譏諷的說道：「那你那一晚就不該逃跑啊，如果那晚你讓常志遂了心願，也許你父親現在已經被放出來了。」

方蘇臉色一下子變了，看了看傅華，說：「你不用用這種口吻說話，是不是你看到我們這些平頭百姓被人欺凌覺得很好笑啊？」

傅華意識到自己話說得有點過頭了，趕忙說：「不是，我是覺得你不應該這個樣子聽任常志欺負。」

方蘇說：「我們被人家欺負，無法反抗，那是我們沒本事，這我承認，不過還輪不到傅先生你來嘲笑或者可憐我們。今天很感謝你，你的錢我會儘快還給你的，現在請你離開。」

傅華被弄得越發不好意思了，趕忙道歉說：「對不起，我剛才話說得有些過分了。」

方蘇卻一臉寒霜，說：「傅先生幫忙過我，你沒有對不起我的地方，是我還沒下賤到讓常縣長遂了心願，才找了這麼多麻煩出來，謝謝你告訴我這一點，現在請你離開。」

傅華還想分辯什麼，卻看到方蘇已是滿眼含淚，一臉怒容，知道這個女人已氣到了極點，自己如果再不離開，怕是她會大發作，便灰溜溜的離開了方蘇的家。

回到駐京辦的傅華滿心惱火，他感覺方蘇這個女人實在是莫名其妙，對真正害她的人不敢反抗，反而對一個幫她的人卻是這種態度，自己不過是說錯了一句話，有必要這樣難以接受嗎？

過了一會兒，傅華平靜了一些，又開始為方蘇擔心起來。這個女人單身一個人，又有腳傷，能照顧好自己嗎？再是她說的也對，對於她們這些被欺凌的弱者，自己確實不應該用什麼嘲諷的口吻去跟她說話，她們已經備受欺凌，所剩餘的僅僅只有一點已經十分脆弱的自尊心了，自己說那種話，根本上就是把方蘇的自尊踩到了腳底。

這種態度根本就是有些高高在上的味道，自己這是怎麼啦，難道在北京過了幾年富裕的日子，就忘了自己的根本嗎？傅華感覺臉上有些發熱，他對自己的行徑十分羞愧。

對了，是不是想辦法幫一幫方蘇啊？如果能幫她解決了她父親的麻煩，那才是真正的幫了她。

也不知道方蘇的父親叫什麼名字，不過想來雲山縣也不會有太多姓方的因為紡織廠的事情被檢察院抓起來，傅華便打電話給自己在海川檢察院的一個朋友，讓他幫自己查一查是不是有一個姓方的廠長被抓了，如果有，就瞭解一下具體是怎麼個情形。

朋友說要跟雲山縣檢察院問一下，然後才能給傅華回話，傅華說：「那好，我等你電話，你儘快啊。」

過了一會兒，朋友回電話來，說確實有這樣一件事情，一個叫方山的紡織廠廠長因為侵佔國有資產被抓了起來。

傅華說：「那問題嚴重嗎？」

朋友笑了笑，說：「這要看怎麼說，說嚴重也可以說嚴重，說不嚴重也可以說不嚴重。這個方山是你什麼人啊？」

傅華說：「一個朋友，他的家裏人讓我幫忙問一下他的情況。」

這個朋友說：「嚴格說起來，你這個朋友可能是有點冤枉的，他的紡織廠當初是為了經營上的方便，掛靠了紡織局，基本上，紡織局也沒有什麼實際上的投資，只是給了一個名頭，紡織廠也每年繳納一些管理費什麼的。我記得最高法院當初有一個司法解釋，這種情況，這個紡織廠可以視為私營企業，所以這個侵佔國有資產的罪名應該不成立。不過地方上處理起來，有些時候還是愛把這種資產當成國有資產，尤其是那些經營好又沒什麼包袱的企業。」

傅華便明白朋友說的情形了，方山的紡織廠就是所謂的「紅帽子企業」。

所謂紅帽子企業，就是名為國有企業或者集體企業，實為私人企業。它是由私人投資經營，而以國有企業或者集體企業的名義註冊登記，或者掛靠在國有企業或者集體企業之下的企業。這類企業的存在和發展是一個歷史現象，因而也需要用歷史的眼光來看待。

但是，作為一個過渡的辦法，政府部門給私人企業戴一個紅帽子，私人企業因此獲得了經營權。在這個過程中，是存在一種先天不足的缺陷的，那就是當時沒有對企業的產權進行明確的界定，於是產權糾紛便不時產生。

通常意義上，根據誰投資產權屬於誰的原則，產權應該是投資者的。但當時確實有特殊的情況，企業也因為紅帽子獲得了這樣或者那樣的好處了，也不能完全跟政府脫離掉關係，問題就複雜了。而在這其中，政府處理問題的態度就很關鍵，如果政府傾向於將該企業定性為國有企業，企業主還真是不好為自己爭取權利。看來常志還真是可以在方蘇父親的案子中起到一種主導作用，難怪他敢那麼囂張的去侵犯方蘇。

明白了這些，傅華大致上知道解決問題的關鍵在什麼地方了，他再次找到了方蘇家。

方蘇開門見是傅華來了，臉色沉沉的說：「你還來幹什麼？錢到時候我會給你送到辦公室去的。」

傅華陪笑著說：「對不起呀，我上次是口不擇言，你就別生氣了。」

方蘇冷笑了一聲，說：「什麼上次口不擇言，根本上你就是從心裏看不起我。」

傅華說：「哪裡，我怎麼會看不起你呢？」

方蘇說：「沒有嗎？你別裝了，你衣著華麗，又開著好車，肯定還是個什麼企業精英的，看到我這樣的窮酸，還不是滿心的輕蔑。告訴你，我家裏沒出事的時候，我也是絲毫不比你差的。」

傅華笑了，說：「我沒這個意思，我什麼時候輕蔑過你啊？你看你讓我辦什麼事情，我還不都是幫你辦了嗎？」

方蘇說：「那是你可憐我而已。」

傅華說：「就算我可憐你，可也不代表我輕蔑你啊？」

方蘇說：「別不承認了，難道你連一句真話都不敢承認嗎？」

傅華苦笑了一下，說：「那你說，我什麼地方輕蔑你了？」

方蘇說：「好我說，你還記得第一次你送我去醫院的整個過程嗎？」

傅華說：「還記得。」

方蘇說：「你雖然從頭到尾一直幫我的忙，可是你始終沒問過我的姓名，就算我讓你留下電話號碼，你還是不問一下我的名字和電話，是不是那個時候你就不想再見到我了？」

傅華語塞了，那時候他以為這個方蘇是做特種行業的小姐，並沒想要跟她來往，也就根本不想問方蘇的名字和聯繫方式。現在被方蘇用這個問題發難，傅華還真是不好解釋，他總不能說我以為你是「小姐」吧？那怕是更會惹惱方蘇。

方蘇見傅華不說話，以為自己說中了傅華的心思，伸手就要把門關上。

傅華見方蘇要把自己拒之門外，趕忙叫道：「你先別急著關門，我來是因為有辦法救你父親。」

方蘇頓了一下，用懷疑的眼神看著傅華，問：「你真的有辦法救我父親？你知道我父親的情況嗎？」

傅華笑了笑說：「你父親叫方山對吧？」

方蘇看了看傅華，說：「你去問了我父親的案子？」

傅華笑了笑說：「對，你是不是可以把門開開，讓我進去說話了？」

方蘇這才退開一邊，讓傅華進了房間。

傅華找地方坐了下來，看著目不轉睛看著自己的方蘇，笑了笑說：「你是不是也可以坐下來，有些情況我還需要慢慢跟你瞭解一下。」

方蘇看著傅華的眼睛，說：「你不是說已經有辦法了嗎？既然是這樣，還要問我什麼啊？哦，我明白了，你根本就是要騙我開門而已。」

傅華笑了，說：「有必要嗎？你都說我很輕蔑你了，我騙你開門幹什麼，繼續輕蔑你嗎？好了，我是真的要幫你，不過，事先我也需要聽聽你這邊的情況是吧？」

方蘇這才面色緩和說：「看來我是誤會你了。」

傅華說：「那你現在可以坐下來了吧？」

方蘇就去坐了下來。

傅華說：「你父親的情況，我跟檢察院的朋友瞭解了一下，他說這算是歷史遺留下來的問題，紡織廠是你父親投資建的，嚴格起來說，算是私營企業，不應該歸屬於公有企業當中去，所以可能還有爭取的餘地。」

方蘇臉色沉了下來，說：「常志當初告訴我的，跟你說的大體上是一致的，他就是說他可以為我父親爭取，甚至還可以把廠還給我父親……」

方蘇說到這裏停了下來，傅華便猜到，常志便是以此為要脅，想要占有方蘇，只是沒想到方蘇並沒有就範。

傅華說：「他說的這些倒是真的，政府在這方面確實是有主導權的。」

方蘇臉色變得慘白，說：「那我豈不是害了我父親，也許我真的應該像你所說的那樣，讓常志遂了心願就好了。」

傅華苦笑了一下，說：「你別哪壺不開提哪壺了，我那是氣你不去抗爭才這麼說的，並沒真的讓你去那麼做的意思。」

方蘇說：「其實我也知道你說的是這個意思，只是我當時心中實在太委屈，你又出言譏誚我，讓我實在受不了了，才把心中的委屈發洩在你身上，是我不對才是。」

傅華笑笑說：「好了，那些事都過去了，我們還是來聊你父親的事情好了。我記得你跟我說過，你家是通過關係才找到常志的？」

方蘇說：「是啊，我們還先送了三萬塊給常志，他才跟我家的人見面的。原本我們還準備多送一點，可是廠裏的資產全部都被凍結，家裏實在拿不出太多錢了。」

傅華聽說常志拿了方蘇家的錢還這麼對待方蘇，不由得罵道：「這傢伙怎麼這麼混蛋啊？就是做賊也還盜亦有道呢，他拿了你家的錢還這麼對待你，真是無恥。」

方蘇低下了頭，說：「沒辦法，誰叫他掌握主動權呢？」

傅華見方蘇又來沒辦法這一套，就有些火了，說：「什麼沒辦法，我就不信治不了這個無恥的傢伙，你家裏人送錢給他，有沒有留下什麼證據啊？」

方蘇看了看傅華，問道：「你想幹什麼？你不會是想去告常志吧？」

傅華說：「你別管這麼多，你先告訴我，有沒有留下證據？」

方蘇說：「錢是通過中間人送的，我們只有中間人拿錢的證據。」

這個常志倒很狡猾，中間人拿錢他就可以輕易否認自己沒拿錢，想要從這方面打開突破口，看來是很難。

傅華眉頭皺了起來，他知道解決問題的關鍵在常志這裏，可是如何突破常志，他卻一時很難想出辦法來。

請續看《官商鬥法》十五 假鳳虛凰

官商鬥法 十四 晴天霹靂

作者：姜遠方
發行人：陳曉林
出版所：風雲時代出版股份有限公司
地址：105台北市民生東路五段178號7樓之3
風雲書網：http://www.eastbooks.com.tw
官方部落格：http://eastbooks.pixnet.net/blog
Facebook：http://www.facebook.com/h7560949
信箱：h7560949@ms15.hinet.net
郵撥帳號：12043291
服務專線：(02)27560949
傳真專線：(02)27653799
執行主編：朱墨菲
美術編輯：風雲時代編輯小組

法律顧問：永然法律事務所 李永然律師
北辰著作權事務所 蕭雄淋律師

版權授權：蔡雷平
初版日期：2015年11月
初版二刷：2015年11月20日
ISBN：978-986-352-234-8

總 經 銷：成信文化事業股份有限公司
地　　址：新北市新店區中正路四維巷二弄2號4樓
電　　話：(02)2219-2080

行政院新聞局局版台業字第3595號 營利事業統一編號22759935

定價：280元　特惠價：199元

國家圖書館出版品預行編目資料

官商鬥法／姜遠方 著. -- 初版. -- 臺北市：
風雲時代，2015.01 -- 冊；公分

ISBN 978-986-352-234-8（第14冊；平裝）

857.7　　104011822